OPERATION
Nautilus

Wolfgang Hohlbein

Die Schwarze Bruderschaft

Ueberreuter

Die Deutsche Bibliothek – CIP-Einheitsaufnahme

Hohlbein, Wolfgang:
Die Schwarze Bruderschaft / Wolfgang Hohlbein. – Wien : Ueberreuter,
2001
(Reihe: Operation Nautilus)
ISBN 3-8000-2823-9

J 2505/1

Umschlagbild © Gary Kelley
Umschlaggestaltung von Zembsch' Werkstatt, München

Druck: Ueberreuter Print
1 3 5 7 6 4 2

Ueberreuter im Internet: www.ueberreuter.de
Wolfgang Hohlbein bei Ueberreuter im Internet: www.hohlbein.com

Dieser Band erschien in veränderter Ausstattung bereits 1995
im Verlag Carl Ueberreuter

Mike hob die Hand über die Augen und blinzelte in das grelle, fast weiße Licht der Sonne, die als glühende Scheibe hoch am Himmel über Kairo stand und die Stadt mit unerträglicher Hitze und fast ebenso unerträglicher Helligkeit überschüttete. Obwohl er erst vor wenigen Stunden aufgestanden war, fühlte er sich schon wieder müde. Dabei konnte er sich kaum daran erinnern, jemals so viel geschlafen zu haben wie in den drei Tagen, die seit ihrer Ankunft hier vergangen waren.

Die Zeit, die hinter ihnen lag, war sehr anstrengend gewesen. Seit ihrem Abenteuer am Polarkreis – bei dem es um nicht weniger als die Rettung fast der gesamten menschlichen Zivilisation gegangen war! – waren gute zwei Monate verstrichen. Kapitän Nemos berühmtes Unterseeboot war wenig mehr als ein Wrack gewesen, als es Trautman endlich gelungen war, es aus dem unterseeischen Mahlstrom herauszumanövrieren, in den es von der Explosion der LEOPOLD hineingeschleudert worden war. Die NAUTILUS war ein fantastisches Schiff; obwohl mehr als zehntausend Jahre alt, war ihre Technik der der übrigen Menschheit doch um Jahrhunderte, wenn nicht um Jahrtausende voraus. Aber der Kampf gegen Winterfeld und seine Piratenflotte hatte das Schiff stärker in Mitleidenschaft gezogen, als sie im ersten Moment gemerkt hatten. Während der vergangenen Monate hatten Trautman, Singh und alle anderen fast ununterbrochen an der NAUTILUS gearbeitet – sie hatten repariert, ausgetauscht, improvisiert, umgebaut ...

Aber nun war es geschafft. Die NAUTILUS war bis auf einige wenige Kleinigkeiten überholt, und was fehlte, das besorgten Singh und Trautman gerade irgendwo dort draußen in der pulsierenden Millionenstadt. Es war Mike zwar ein Rätsel, woher Trautman ausgerechnet in Kairo Ersatzteile für die NAUTILUS bekommen wollte, aber während der letzten drei Tage hatten Singh und er doch Kisten, Kartons und in Tücher gewickelte Bündel voll merkwürdiger Dinge herbeigeschleppt, und Mike hatte schließlich aufgehört zu fragen, woher all dies stammte. Wenn er eines über Trautman wusste, dann, wie sinnlos es war, ihm Fragen über etwas zu stellen, über das er nicht reden wollte. Was zählte, war, *dass* sie es schafften – und dass er und die anderen die Zeit jetzt nutzen konnten, sich ein wenig von den Strapazen der vergangenen Monate zu erholen.

Mike lächelte flüchtig, als ihm klar wurde, dass sie nun endlich den Vorsatz ausführten, mit dem ihr fantastisches Abenteuer vor nunmehr drei Jahren begonnen hatte: Sie machten Urlaub. Zwar nicht auf einem Kriegsschiff der kaiserlich deutschen Marine und auch nicht unter Aufsicht ihrer Klassenlehrerin, sondern in einem der vornehmsten Hotels von Kairo und in Begleitung eines wortkargen Inders, eines umso schwatzhafteren einäugigen Katers und einer leibhaftigen Prinzessin von Atlantis – aber sie machten Urlaub.

Und langweilen uns dabei zu Tode.

Mike drehte sich herum, als er die lautlose Stimme in seinem

OPERATION
NAUTILUS

UEBERREUTER

Kopf hörte, und bedachte Astaroth mit einem leichten Kopfschütteln. Der einäugige Kater war das einzige Besatzungsmitglied der NAUTILUS, das den Aufenthalt in Ägypten sichtlich nicht genoss. Mike konnte den Kater verstehen – für einen Menschen war Kairo eine aufregende und interessante Stadt, aber für einen Kater, selbst einen wie Astaroth, einfach zu gefährlich, um sich allein darin zu bewegen. So hatte sich Astaroth in den ersten Tagen damit amüsiert, die Hotelmäuse zu terrorisieren, aber er war dieses Spiels rasch überdrüssig geworden. Jetzt sehnte er sich auf die NAUTILUS zurück – und vor allem nach Serena. Astaroth hätte es niemals laut zugegeben, aber Mike wusste, wie sehr er darunter litt, von seiner Herrin getrennt zu sein.

Ich nehme an, Serena ist wieder einmal unterwegs und versucht den Basar leer zu kaufen?, fragte Mike auf dieselbe lautlose Art, auf die der Kater gerade zu ihm gesprochen hatte.

Seit dem frühen Morgen, bestätigte Astaroth. *Allmählich hat sie unter den Händlern hier einen gewissen Ruf. Wir werden einen zweiten Laderaum an die NAUTILUS anbauen müssen, wenn sie noch ein paar Tage so weitermacht.*

Mike lachte. Natürlich übertrieb Astaroth – aber nicht sehr. Serena war tatsächlich seit Tagen nur ins Hotel gekommen, um zu schlafen und zu essen, und verbrachte die restliche Zeit fast ununterbrochen in den Basars der Stadt – vorgeblich nur, um sich umzuschauen und die Sitten und Gebräuche der Menschen hier zu studieren. Aber sie war trotzdem noch kein einziges Mal zurückgekommen, ohne von mindestens zwei Trägern begleitet zu werden, die Unmengen von Paketen, Kisten und Tüten schleppten.

Mike hatte es aufgegeben, sich den Kopf darüber zu zerbrechen, wie sie ihre Beute an Bord der NAUTILUS zurückbringen wollte. Das Schiff lag in Alexandria vor Anker und sie waren mit einer der zahlreichen Fähren den Nil herauf nach Kairo gekommen. Wenn Serena so weitermachte, würden sie wohl einen Lastkahn mieten müssen.

Chris und Juan sind unten, teilte ihm Astaroth mit. *Sie langweilen sich wieder mal am Pool.*

Mike entging der spöttische Ton in der Stimme des Katers keineswegs, obwohl sie nur in seinem Kopf erscholl, und auch in diesem Punkt konnte er Astaroth sehr gut verstehen – auch ihm war es ein Rätsel, wieso jemand, der die letzten drei Jahre an Bord eines Unterseebootes verbracht hatte und somit ständig von Wasser umgeben war, Spaß daran haben konnte, den ganzen Tag in der Sonne zu liegen und zu schwimmen! Was Chris und den jungen Spanier jedoch keineswegs daran hinderte, genau das zu tun. Aber wahrscheinlich, dachte Mike, wundern sich die beiden umgekehrt genauso über mich, der ich die letzten drei Tage mit nichts anderem als Nichtstun verbracht habe. Jeder hatte eben seine eigene Art, sich zu erholen.

Mike sah auf die Uhr, die hinter dem Kater an der Wand hing. Es war fast Mittag. Er war zwar kein bisschen hungrig, aber er wusste, dass Trautman und Singh normalerweise um diese Zeit von ihrem vormittäglichen Beutezug zurückkehrten, ebenso wie Serena – und auch wenn er es vor den anderen niemals laut zugegeben hätte, so gab es zwischen ihm und Astaroth doch noch eine weitere Gemeinsamkeit: Auch er fühlte sich wohler, wenn er in Serenas Nähe war. Bei dem Gedanken, dass sie ganz allein in den Basaren der Stadt herumstrolchte, war ihm am ersten Tag heiß und kalt geworden und er hatte darauf bestanden, sie zu begleiten. Am zweiten Tag nicht mehr. Kairo war zweifellos ein gefährliches Pflaster für ein fünfzehnjähriges Mädchen, aber nachdem er ihr stundenlang dabei zugesehen hatte, wie sie Stoffe und Kleider bewunderte, Schmuck begutachtete und darum und um anderen vorstellbaren (und unvorstellbaren) Krempel mit wachsender Begeisterung feilschte (*das* hatte sie überraschend schnell gelernt), hatte der Beschützer in ihm einen gehörigen Dämpfer bekommen. Seitdem teilten sie sich die Aufgabe, Serena auf ihren endlosen Einkaufsbummeln zu begleiten. Heute war Ben an der Reihe.

Wofür er dich für den Rest deines Lebens hassen wird, verkündete Astaroth.

Mike blickte ihn mit übertriebener Feindseligkeit an. »Schnüffelst du schon wieder in meinen Gedanken herum?«, fragte er scharf.

Ich schnüffle nicht, antwortete Astaroth beleidigt. *Hunde schnüffeln. Katzen ziehen Erkundigungen ein und sammeln Informationen!*

»Blödsinn!«, antwortete Mike ärgerlich. »Das ist dasselbe! Du solltest allmählich wissen, dass ich es hasse, wenn du meine Gedanken liest!«

Aber das weiß ich doch, antwortete Astaroth ungerührt. *Schließlich denkst du es oft genug.*

Mike gab auf. Er hatte nicht nur wenig Lust, sich mit einem

Kater zu streiten, es war auch vollkommen sinnlos, zumindest, wenn dieser Kater Astaroth hieß.

Stimmt.

Mike zog es vor, diese Bemerkung zu ignorieren, drehte sich vollends um und ging mit schnellen Schritten an Astaroth vorbei zur Tür.

Als er das Hotelzimmer verließ, wäre er um ein Haar mit einer Gestalt zusammengeprallt, die unmittelbar vor der Tür stand. Mike fuhr erschrocken zurück und setzte zu einer geharnischten Bemerkung an, aber dann sah er, um wen es sich handelte, und statt wütend zu werden, starrte er sie verblüfft an.

Es war eine vielleicht vierzigjährige, schlanke Frau, die sehr elegant gekleidet war und einen großen Hut mit einem hauchdünnen Schleier trug. Sie stand so dicht – und in eindeutiger Haltung! – vor seiner Zimmertür, dass gar kein Zweifel daran bestehen konnte, dass sie gelauscht hatte; etwas, worauf Mike normalerweise ziemlich ärgerlich reagiert hätte. Vielleicht lag es an dem beengten Leben, das sie notgedrungen auf der NAUTILUS führen mussten, aber ihnen allen war ihre Privatsphäre heilig. Ungefragt darin einzudringen oder einen anderen gar zu belauschen, das wäre Mike und den übrigen Besatzungsmitgliedern der NAUTILUS niemals in den Sinn gekommen. Wenn sie nicht gerade Astaroth hießen ...

He! Das ist eine Verleumdung! Ich habe noch nie jemanden –

Halt die Klappe, Astaroth, sagte Mike auf dieselbe lautlose Art, auf die die Stimme des Katers in seinem Kopf erscholl. Zugleich konzentrierte er sich wieder auf sein Gegenüber. Die

Frau machte ein ziemlich verlegenes Gesicht. Es war Lady Grandersmith, die wie er und die anderen hier im Hotel wohnte, und sie hatten sich bereits am ersten Tag ihres Aufenthaltes kennen gelernt. Mike wusste, dass sie eine verwitwete englische Adelige war, die sich den größten Teil des Jahres auf Reisen befand und gerne und eifrig von ihren Abenteuern erzählte. Außerdem war sie einer der nettesten Menschen, die Mike seit langer Zeit kennen gelernt hatte. Dass sie so unhöflich sein sollte, an einer fremden Tür zu lauschen, erschien Mike fast unvorstellbar.

Und doch hatte sie eindeutig ganz genau das getan.

»Hallo, Mike«, sagte sie. »Ich ... ich war gerade auf dem Weg nach unten. Es ist Zeit für den Lunch. Ich dachte mir, wir essen vielleicht zusammen? Wir könnten unser Gespräch von gestern Abend fortsetzen. Wie ist es – begleitest du mich?« Lady Grandersmith reckte den Hals, um über Mikes Kopf hinweg einen Blick in sein Zimmer werfen zu können. »Ist Serena nicht da?«

»Ihr Zimmer liegt auf der anderen Seite«, sagte Mike knapp und deutete über den Hotelflur.

»Oh, sicher, wie konnte ich das nur vergessen.« Lady Grandersmith hatte sich allmählich wieder in der Gewalt. »Ich dachte nur, ich hätte Stimmen gehört.«

»Ich ... habe mit Astaroth gesprochen«, antwortete Mike ausweichend. Er fragte sich immer noch, warum Lady Grandersmith an seiner Zimmertür gelauscht haben mochte – bestimmt nicht, um Serena und ihn zum Essen abzuholen.

Vielleicht sehe ich auch nur Gespenster, dachte er ärgerlich. Sie ist nichts als eine freundliche, harmlose Frau, die wahrscheinlich Anschluss sucht, weil sie einsam ist. Hör auf, in jedermann einen Spion zu sehen!

Das war ein Problem, mit dem er in letzter Zeit sowieso immer mehr zu kämpfen hatte. Seit sie das Erbe seines Vaters angetreten hatten und mit der NAUTILUS auf große Fahrt gegangen waren, befanden sie sich praktisch ununterbrochen auf der Flucht – mal vor Winterfeld, mal vor der englischen Marine, mal vor prähistorischen Ungeheuern aus Serenas Vergangenheit; und vor allem davor, entdeckt zu werden. Die NAUTILUS war viel zu gefährlich, um in falsche Hände zu geraten, und die Erfahrung hatte Mike und die anderen gelehrt, dass sie kaum einem Menschen wirklich trauen konnten. Trotzdem musste er aufpassen. Jedem Menschen zu misstrauen, das war auf die Dauer sicher ebenso falsch, wie zu vertrauensselig zu sein. Er entschuldigte sich in Gedanken bei Lady Grandersmith und zwang sich zu einem Lächeln.

»Ich komme gern mit. Serena ist in der Stadt und kauft ein. Aber sie muss bald zurückkommen.«

»Dann können wir ja gemeinsam auf sie warten«, schlug Lady Grandersmith vor. »Nimm deinen kleinen Freund ruhig mit.«

Sie deutete auf Astaroth, der schräg hinter Mike saß und sie beide aus seinem einzigen Auge aufmerksam musterte. Auf seinem Katergesicht zeigte sich keine Regung, aber seine Ohren zuckten leicht und Lady Grandersmith erwies sich als ausgezeichnete Beobachterin, denn sie sagte: »Ich glaube, das hat er verstanden.«

Worauf du dich verlassen kannst, sagte Astaroth.

Mike beeilte sich, Lady Grandersmith zu antworten. »Ich weiß nicht, ob das eine so gute Idee ist«, sagte er. »Nach seinem letzten Ausflug in die Küche war der Hotelmanager ziemlich verärgert. Wir mussten ihm versprechen, Astaroth nur noch hier im Zimmer zu halten.«

He, he!, protestierte Astaroth. *Das war alles ganz anders! Ich habe die Küche dieses Etablissements lediglich vom Ungeziefer gesäubert. Sie wimmelte nämlich von Mäusen! Und so was nennt sich Vier-Sterne-Hotel!*

Mike konnte sich gerade noch im letzten Moment beherrschen, um Astaroth nicht laut zu verbessern. Der Kater hatte tatsächlich einige Mäuse in der Hotelküche aufgestöbert und zur Strecke gebracht – aber er hatte dabei auch einen Gutteil der Inneneinrichtung kaputtgemacht, den Chefkoch und zwei seiner Gehilfen gekratzt und den Schäferhund des Hotelbesitzers so verdroschen, dass das arme Tier sich zwei Tage lang verkrochen hatte.

Lady Grandersmith lachte schallend. »Ach das! Das ist doch längst vergessen. Und wenn nicht – nur keine Sorge. Der Hotelbesitzer ist ein Freund von mir, ich regle das schon. Deine Katze wird ja ganz trübsinnig, wenn du sie dauernd hier im Zimmer gefangen hältst.«

»Also ich weiß nicht ...«, sagte Mike.

Astaroth kam mit steil aufgestelltem Schwanz herangeschlendert, rieb sich an seinen Beinen und blickte ihn flehend an. Dabei miaute er so herzzerreißend, dass Mike sich vornahm, ihn für diese schauspielerische Meisterleistung für die nächste Preisverleihung nominieren zu lassen.

»Siehst du? Ich glaube, er versteht mich wirklich! Und jetzt komm. Ich habe Hunger – und dir spendiere ich eine Riesenportion Eis!« Lady Grandersmith ergriff ihn lachend am Arm und zog ihn einfach mit sich. Sie war jetzt keine ertappte Sünderin mehr, sondern wieder ganz die vor Lebenslust sprühende Frau, als die Mike sie kennen gelernt hatte. Ehe er es sich versah, hatte sie ihn bereits am Arm hinter sich her- und den halben Weg zum Aufzug hingezogen.

»Aber ... ich muss wenigstens die Tür ...«, stammelte Mike, kam aber auch diesmal nicht dazu, seinen Satz zu Ende zu bringen.

»Keine Sorge«, unterbrach ihn Lady Grandersmith. »Yasal! Schließ bitte Mikes Tür – und bring das Kätzchen mit!«

Von der Wand des Flures löste sich eine hoch gewachsene, dunkle Gestalt. Yasal und sein Bruder Hasim gehörten so unverzichtbar zu Lady Grandersmith wie ihr Schleierhut und ihre ständige gute Laune. Die beiden schwarz gekleideten Beduinen waren Lady Grandersmiths ständige Begleiter – wie sie selbst sagte, Diener, Köche, Chauffeure, Leibwächter und überhaupt Mädchen für alles in einem. Es waren ziemlich unheimliche Gesellen. Sie trugen lange schwarze Gewänder und ihre Gesichter verbargen sich hinter schwarzen Tüchern, die nur die Augen freiließen, und Mike hatte niemals einen der beiden reden hören. Sie bewegten sich so lautlos und schnell wie Schatten, was bei Mike immer ein leichtes Frösteln verursachte.

Auch jetzt bewegte sich Yasal, ohne das geringste Geräusch zu verursachen. Er glitt auf die Zimmertür zu, zog sie ins Schloss und wandte sich dann um, um sich nach Astaroth zu bücken.

Der Kater wich seinen Händen mit einer eleganten Bewegung aus und rannte dann los, um Mike und Lady Grandersmith einzuholen. Er huschte durch die Tür, gerade als sich der Aufzug schloss. Er mochte Yasal und seinen Bruder nicht, das wusste Mike, wahrscheinlich aus demselben Grund wie er. Auch er empfand ein leises Schaudern beim Anblick der hünenhaften, vollkommen schwarzen Gestalt, die sich jetzt herumdrehte und mit raschen Schritten zur Treppe ging, um schneller im Erdgeschoss anzukommen als sie und unten bereits auf den Aufzug zu warten. Irgendetwas *war* unheimlich an dem Beduinen.

Unsinn!, dachte Mike. Er wurde allmählich wütend auf sich selbst. Er war hier, um Urlaub zu machen und wenigstens einmal für ein paar Tage zu vergessen, dass die Welt für die Erben des legendären Kapitän Nemo zum größten Teil aus potentiellen Feinden bestand. An diesem schwarz gekleideten Beduinen war absolut nichts unheimlich, basta!

Wenigstens redete er sich das ein.

Es sollten nicht einmal zwölf Stunden vergehen, bis er sich wünschte mehr auf seine Gefühle gehört zu haben.

Sie trafen Juan und Chris am Swimmingpool des Hotels, ganz wie Astaroth gesagt hatte. Chris planschte wie üblich im Wasser. Juan lümmelte in einem Liegestuhl und hielt ein riesiges Glas Orangensaft in der Hand, aus dem ein Strohhalm herausragte. Er trug nichts als eine Badehose und einen großen Panamahut. Mike grinste flüchtig, als er den Spanier so am Rande des Schwimmbeckens gewahrte. Vermutlich bildete sich Juan ein, besonders weltmännisch auszusehen, aber das Gegenteil war der Fall.

Du urteilst wie üblich wieder einmal vorschnell, flüsterte Astaroths Stimme in seinem Kopf. *Jeder hat eben seine Art, sich zu amüsieren.*

Indem er sich lächerlich macht?

Indem er sich über andere amüsiert, die glauben, dass er sich lächerlich macht, verbesserte ihn Astaroth.

Mike warf dem Kater einen schrägen Blick zu, aber er antwortete nicht. Lady Grandersmith war eine zu aufmerksame Beobachterin, um in ihrer Nähe auch nur das geringste Risiko einzugehen, und außerdem musste er über Astaroths Bemerkung nachdenken – er war nicht ganz sicher, dass er sie wirklich verstanden hatte.

Ich habe auch nichts anderes erwartet, sagte Astaroth spöttisch.

»Hallo, Don Juan!« Lady Grandersmith lächelte Juan fröhlich zu, wobei sie dessen missbilligendes Stirnrunzeln gar nicht zu bemerken schien. Aber Mike wusste, dass ihr selten etwas entging, schon gar nicht die Tatsache, dass sich Juan darüber ärgerte, wenn sie ihn so nannte.

»Hallo, Lady Grandersmith«, antwortete er einsilbig.

»Mike und ich sind hungrig«, fuhr Lady Grandersmith ungerührt fort. »Wir wollen gemeinsam eine Kleinigkeit essen – habt ihr nicht Lust, uns zu begleiten?«

Juan sah nicht so drein, als hätte er zu irgendetwas anderem Lust, als weiter in seinem Liegestuhl zu bleiben, aber jetzt tauchte Chris aus dem Pool auf, stemmte sich prustend aus dem Wasser und nickte als Zustimmung, sodass Juan gar keine Gelegenheit fand zu protestieren. »Warum nicht?«, sagte er stattdessen. »Es wird sowieso Zeit. Singh und Trautman müssen bald zurückkommen.«

Als sie gemeinsam auf das Restaurant zugingen, das auf der anderen Seite des weitläufigen Hotelhofes lag, hatte Mike plötzlich keine Lust mehr, mit Lady Grandersmith zu essen, auch nicht, sich mit ihr zu unterhalten. Er fühlte sich sogar äußerst unbehaglich in ihrer Nähe und er wusste sofort, warum.

Yasal.

Mike hatte bisher noch nie so deutlich gespürt, was für eine unheimliche Atmosphäre ihn umgab, und als er in Juans und Chris' Gesichter sah, glaubte er zu erkennen, dass sie dasselbe fühlten.

»Heute ist möglicherweise unser letzter Tag«, sagte Juan unvermittelt.

»Wie?« Mike schreckte hoch.

Juan nickte und wiederholte: »Vielleicht reisen wir morgen früh schon ab.«

»Wieso denn das?«, fragte Mike.

Juan seufzte. »Trautman hat fast alles beisammen, was er braucht, um unsere Reisevorbereitungen zu treffen. Ihm fehlen nur noch ein oder zwei Kleinigkeiten und er hofft, dass er sie heute auftreiben kann. Hättest du nicht den halben Vormittag verschlafen, sondern zusammen mit uns gefrühstückt, wüsstest du es. Wir haben heute Morgen darüber gesprochen.«

Mike war etwas enttäuscht. Sie hatten zwar nie eindeutig

darüber geredet, aber er hatte ganz selbstverständlich angenommen, dass sie länger in Kairo bleiben würden.

»Aber wir haben doch noch gar nichts von der Stadt gesehen!«, wandte er ein.

Juan zuckte mit den Schultern und wollte etwas entgegnen, aber Lady Grandersmith kam ihm zuvor: »Es ist schade, dass ihr schon abreisen wollt. Mike hat Recht – ihr habt bisher nichts von Kairo gesehen, ganz zu schweigen von den anderen Sehenswürdigkeiten, die dieses herrliche Land bietet. Seid ihr überhaupt bei den großen Pyramiden gewesen?«

Juan schüttelte den Kopf und Lady Grandersmith sagte: »Also die müsst ihr euch unbedingt ansehen, bevor ihr die Stadt verlasst. Kairo zu besuchen, ohne die Pyramiden zu sehen, ist eine Todsünde! Ich werde gleich nachher mit Mister Trautman darüber reden.«

Juan atmete hörbar ein. »Ich glaube nicht, dass –«

In diesem Moment betraten sie das Hotelrestaurant und die Katastrophe nahm ihren Lauf. Mike begriff sofort, was geschehen würde – als sein Blick durch den Saal flog, der zu dieser Stunde bis auf den letzten Platz gefüllt war, und an dem Schreibtisch am anderen Ende des Restaurants hängen blieb, an dem der Hotelmanager saß –, und an dem langhaarigen Deutschen Schäferhund, der neben ihm auf den Mosaikfliesen vor sich hin döste.

»O nein!«, murmelte Mike, aber es war bereits zu spät. Astaroth hatte unmittelbar hinter ihm und Lady Grandersmith das Restaurant betreten und ebenfalls sofort den Hund erspäht. Mike bückte sich nach dem Kater, um ihn festzuhalten, aber

Astaroth schlüpfte mit einer flinken Bewegung unter seinen Händen weg und raste los.

Mike sah, wie die Augen des Hotelmanagers groß wurden. Sein Gesicht färbte sich in einer einzigen Sekunde bleich, dann puterrot und dann schneeweiß. Der Hund, der den Kopf auf die Vorderpfoten gebettet hatte, fuhr mit einem Ruck hoch, erkannte den schwarzen Riesenkater, der auf ihn zuschoss, und stieß ein überraschtes Heulen aus. Dann sprang er auf und raste mit Riesensätzen davon, wobei er wieder ein Heulen ausstieß, als wären sämtliche Furien der Hölle auf einmal hinter ihm her.

»O nein!«, keuchte Mike noch einmal. Und dann schrie er: »Astaroth! Nein! Komm zurück!«

Astaroth wäre nicht Astaroth gewesen, hätte er auch nur im Geringsten auf diesen Befehl reagiert. Wie ein pelziger schwarzer Ball galoppierte er hinter dem Hund her, der Haken schlagend zwischen den Tischen hindurchflüchtete.

Astaroth kannte solche Hemmungen nicht. Er jagte in gerader Linie seinem Opfer nach, wobei er rücksichtslos über Stühle, Tische oder auch über Hotelgäste hinwegsetzte. Eine Spur aus zerrissenen Tischdecken, zerbrechendem Geschirr und hastig aufspringenden Menschen markierte den Weg, den die beiden Tiere durch das Restaurant nahmen.

»Astaroth!«, schrie Mike verzweifelt und begann ihm nachzulaufen. »Lass den Hund in Ruhe!«

Der Schäferhund rannte nun ebenfalls ohne Rücksicht Tische, Stühle und alles, was sich in seinem Weg befand, einfach um und nicht nur ein Hotelgast landete aufschreiend oder lauthals fluchend auf dem Boden.

Mike sah aus den Augenwinkeln, wie der Hotelmanager zur Verfolgung der beiden Tiere ansetzte, und auch Chris und Juan riefen nach dem Kater und liefen ebenfalls los. Aber sie vergrößerten damit nur das allgemeine Chaos. Mike prallte gegen einen Mann, der überrascht von seinem Stuhl hochgesprungen war, und wäre wohl gestürzt, wäre nicht in diesem Moment Juan von hinten in ihn hineingerannt. Der Zusammenprall nahm ihm die Luft und er musste mit aller Gewalt um sein Gleichgewicht kämpfen. Als er wieder aufblickte, sah er, wie der Schäferhund auf die große metallbeschlagene Pendeltür zujagte, hinter der die Küche lag.

Als er sie fast erreicht hatte, wurde die Tür geöffnet und ein Kellner mit einem hoch beladenen Tablett trat heraus. Er machte einen energischen Schritt, um der zurückpendelnden Tür mit jahrelanger Routine auszuweichen, doch in diesem Moment prallte der Hund gegen seine Beine. Mensch und Tier stolperten in entgegengesetzten Richtungen davon. Der Hund schlitterte über die glatten Bodenfliesen und verschwand heulend in der Küche, während der Kellner gegen die Wand stürzte und mit fast komisch anmutenden Bewegungen sein Tablett festzuhalten versuchte.

Dann jagte Astaroth heran, flitzte direkt zwischen seinen Beinen hindurch und verschwand hinter dem Schäferhund in der Küche. Der Mann verlor endgültig das Gleichgewicht und kippte mit einem schrillen Schrei nach vorne. Das Tablett flog ihm aus den Händen und schüttete seinen Inhalt über den Hotelmanager aus, der das Pech hatte, gerade in diesem Augenblick anzukommen. Inmitten eines Hagelschauers aus dampfender

Fleischbrühe, zerbrechendem Geschirr, Salat, Soßen, fliegenden Brotscheiben, splitterndem Glas und gerösteten Kartoffeln stürzte der Mann zu Boden.

Mike schenkte ihm kaum einen Blick. Er sprang kurzerhand über ihn hinweg, stieß die Pendeltür mit der Schulter auf –

und blieb wie vom Donner gerührt stehen.

Er konnte Astaroth und den Hund von hier aus nicht sehen – aber ihre Spur war deutlich zu erkennen: Töpfe und Geschirr flogen in hohem Bogen durch die Luft, überall schepperte und klirrte es, und mehr als ein Angehöriger des Küchenpersonals brachte sich mit einem entsetzten Sprung in Sicherheit, um nicht von den beiden außer Rand und Band geratenen Tieren über den Haufen gerannt zu werden.

»Astaroth!«, schrie Mike. Der Kater und der Schäferhund hatten mittlerweile das gegenüberliegende Ende der Küche erreicht, und als Mike losstürmte, machte der Hund kehrt und versuchte Haken schlagend wieder aus der Küche hinauszurennen – wobei er eine zweite Spur der Verheerung durch den Raum zog. Mike versuchte den Punkt abzuschätzen, an dem sein Kurs den des Hundes kreuzen würde, rannte geradewegs auf das Tier zu und streckte die Arme aus. Der vollkommen verängstigte Hund schnappte nach ihm, aber damit hatte Mike gerechnet. Im letzten Moment zog er die Hände zurück, warf sich zur Seite und sprang mit weit ausgestreckten Armen vor. Seine Hände gruben sich in Astaroths Fell und versuchten ihn aufzuhalten.

Astaroth fauchte wütend. Sein Schwung war so groß, dass Mike von den Füßen gerissen und hinter dem Kater hergeschleift wurde, ehe es ihm endlich gelang, Astaroth richtig zu packen.

Selbst dann brauchte er all seine Kraft, um den wütend um sich schlagenden Kater festzuhalten, und er handelte sich dabei etliche schmerzhafte Kratzer auf Gesicht und Händen ein. Erst als er Astaroth mit beiden Händen im Nacken ergriff und ihn wie ein kleines Kätzchen hochhob und hin und her schüttelte, hörte der Kater auf, um sich zu schlagen und vor Wut zu spucken. Aber sein Fell war immer noch gesträubt und er knurrte tief und drohend; beinahe mehr wie ein Hund als eine Katze.

»Hörst du jetzt endlich auf?!«, fragte Mike zornig. »Astaroth! Komm zu dir!«

Ja, ja, ist ja schon gut, erklang Astaroths Stimme in seinem Kopf. *Du kannst aufhören, mich zu schütteln wie einen Cocktail!*

»Nur wenn du versprichst, vernünftig zu sein!«, antwortete Mike. »Was ist in dich gefahren? Hast du völlig den Verstand verloren?« Er war wütend auf den Kater wie selten zuvor. Astaroth war dafür bekannt, sich gerne einmal einen derben Scherz zu erlauben, aber so toll wie heute hatte er es noch nie getrieben.

»Benimmst du dich?«, vergewisserte sich Mike.

Ja doch. Lass mich los!

Mike setzte den Kater vorsichtig auf den Boden, löste aber nur eine Hand aus seinem Nackenfell und blieb bereit, jederzeit wieder fester zuzupacken. Dabei war er nicht sicher, ob er überhaupt kräftig genug war, Astaroth festzuhalten, wenn es darauf ankam.

Jetzt lass mich schon los, maulte Astaroth. *Ich verspreche dir, lieb wie ein kleines Kätzchen zu sein. Nebenbei – es sieht so aus, als hättest du im Moment andere Probleme als mich ...*

Erst jetzt nahm Mike wieder bewusst wahr, dass Astaroth und er nicht allein in der Küche waren. Er sah sich von mindestens einem Dutzend Köchen und Kellnern umringt, die wütend gestikulierten und durcheinander redeten. Manche hielten Messer, kleine Beile oder andere Küchengeräte in den Händen und der Ausdruck auf ihren Gesichtern verhieß nichts Gutes. Um nicht zu sagen: In dem einen oder anderen Augenpaar glaubte er so etwas wie Mordlust aufblitzen zu sehen ... Hastige Schritte näherten sich und dann übertönte eine kräftige Stimme das Durcheinander. Mike erkannte sie sofort. Er hatte sie vor zwei Tagen schon einmal gehört und da war sie fast ebenso aufgebracht und schrill gewesen wie jetzt. Er hatte die Worte damals wie heute nicht verstanden, aber das brauchte er auch nicht.

Ein einziger Blick in das Gesicht des Hotelmanagers reichte vollkommen.

Singh und Trautman kamen eine gute halbe Stunde später zurück, und was Trautman ihm zu sagen hatte, das verstand Mike sehr wohl.

Irgendwie war es ihm gelungen, aus dem Hotelrestaurant zu entkommen, ohne vom aufgebrachten Personal oder dem Manager gelyncht zu werden, und sich in sein Zimmer zu flüchten, aber jetzt fragte er sich, ob es vielleicht nicht besser gewesen wäre, in der Küche zu bleiben. Trautman hielt ihm nämlich die schärfste Gardinenpredigt seines Lebens. Mike hatte den grauhaarigen Steuermann der NAUTILUS niemals so zornig erlebt wie jetzt.

»... wirklich mehr Verantwortungsgefühl von dir erwartet!«, sagte Trautman gerade. »Du bist wirklich alt genug! Und nach dem letzten Vorfall habe ich dir doch deutlich gesagt, dass Astaroth hier im Zimmer zu bleiben hat!«

»Aber ich –«, begann Mike, wurde aber sofort von Trautman unterbrochen:

»Dir ist anscheinend nicht klar, was ihr getan habt! Ich war von Anfang an dagegen, hierher zu kommen, und wie es aussieht, hatte ich damit nur zu Recht.«

Das stimmte. Mike und die anderen – allen voran Serena – hatten ihre gesamte Überredungskunst aufbieten müssen, um von Trautman die Erlaubnis zu diesem Ausflug nach Kairo zu bekommen. Trautman war zwar nicht der Kapitän des Schiffes, auch nicht der Anführer der Gruppe – so etwas gab es nicht –, aber als Ältester hatte er doch automatisch die Verantwortung für sie alle übernommen, und nach ihrem letzten Versuch, irgendwo wie normale Menschen an Land zu gehen, der in einer Katastrophe und um ein Haar mit der Vernichtung der NAUTILUS geendet hatte, litt er geradezu unter der panischen Angst, entdeckt zu werden.

»So schlimm war es doch gar nicht«, wiederholte Mike. Die Worte klangen nicht einmal in seinen eigenen Ohren überzeugend, aber er fuhr trotzdem fort: »Es ist doch kaum etwas passiert. Ein bisschen Geschirr ist zu Bruch gegangen, aber niemand wurde verletzt. Die Leute haben schallend gelacht.«

»Gelacht?!« Trautmans Augen wurden groß und sein Gesicht

sah aus, als träfe ihn jeden Moment der Schlag. »Mein lieber junger Freund, ich kann dir versichern, dass der Hotelmanager nicht gelacht hat! Und was die anderen angeht ... Wir erregen sowieso schon genug Aufsehen, auch ohne dass du für einen Skandal sorgst, über den spätestens morgen ganz Kairo spricht.«

»Wie meinen Sie das?«, erkundigte sich Mike.

Trautman atmete hörbar ein und fuhr dann mit etwas ruhigerer Stimme fort: »Nun, Singh und ich sind die letzten drei Tage in den Basaren unterwegs gewesen. Man spricht dort über uns. Ein alter Mann, ein Inder und fünf Halbwüchsige, die in einem der besten Hotels der Stadt absteigen und von denen niemand weiß, wer sie sind und woher sie kommen, erregen nun einmal Aufsehen. Vor allem in diesen Zeiten.«

»Aber wir sind doch nur ganz normale Touristen!«, entgegnete Mike.

Trautman lachte auf. »Draußen in der Welt herrscht Krieg«, sagte er. »Jeder misstraut jedem. Die Leute hier fangen bereits an, Fragen zu stellen. Ich möchte so etwas wie in England nicht noch einmal erleben. Wir haben nämlich das Glück keineswegs gepachtet, weißt du? Das nächste Mal könnte es anders ausgehen.«

Mike schwieg. Bis jetzt hatte Trautman es noch nie so offen ausgesprochen, aber Mike hatte gewusst, wie sehr ihn die Geschichte am Polarkreis mitgenommen hatte. Für Trautman waren sie wohl alle – selbst Serena – so etwas wie seine Kinder. Er redete niemals viel von seiner Vergangenheit, aber Mike wusste, dass er der älteste und wahrscheinlich einzige noch lebende

Freund seines Vaters war und dass er es sich zur Aufgabe gemacht hatte, nicht nur die NAUTILUS, sondern auch ihn, Mike, Kapitän Nemos Sohn, zu beschützen. Aber er begann sich zu fragen, ob Trautman diese Aufgabe nicht etwas zu ernst nahm.

Gerade als Mike überlegte, wie er diesen Einwand in möglichst diplomatischer Form vorbringen konnte, wurde an die Tür geklopft. Trautman fuhr zusammen und Ghunda Singh, der bisher mit vor der Brust verschränkten Armen schweigend an die Wand gelehnt dagestanden hatte, spannte den Körper an. Die beiden tauschten einen raschen Blick, dann wandte sich Trautman um und ging zur Tür, während sich der Inder so postierte, dass er von dem Hereinkommenden nicht gleich gesehen werden konnte.

Das Klopfen wiederholte sich, als Trautman die Hand nach dem Türgriff ausstreckte, und diesmal klang es eindeutig energischer. Aber draußen standen weder der Hotelmanager noch die Polizei, sondern Lady Grandersmith. Ohne auf eine entsprechende Aufforderung zu warten, ging sie an Trautman vorbei ins Zimmer, dicht gefolgt von einer ganz in Schwarz gekleideten, hoch gewachsenen Gestalt. Eine zweite gleichartige Gestalt stand draußen auf dem Korridor, machte aber keine Anstalten, den beiden zu folgen.

»Mylady?« Trautman deutete ein Kopfnicken an und seine Stimme klang einigermaßen freundlich, aber seine Augen verrieten ihn. Der Ausdruck darin machte klar, dass er nicht besonders begeistert über die Störung war.

Lady Grandersmith ließ sich allerdings davon nicht beeindrucken. Sie marschierte einfach an ihm vorbei und steuerte auf

Mike zu. »Mike! Wie ich sehe, bist du ja noch wohlauf – und das Miezekätzchen auch!«

Das Miezekätzchen blinzelte irritiert zu Lady Grandersmith hoch, enthielt sich aber jeden Kommentars. Was Mike ein wenig erstaunte. Normalerweise reagierte Astaroth ziemlich allergisch darauf, so genannt zu werden.

»Ja«, knurrte Trautman. »Obwohl ich ziemliche Lust dazu hätte, einen Käfig für das Miezekätzchen zu besorgen und es für den Rest unseres Aufenthaltes hier darin einzusperren.«

Lady Grandersmiths Gesicht wurde ernst und sie drehte sich zu Trautman herum. »Es tut mir Leid, Mister Trautman«, sagte sie in verändertem Tonfall. »Ich habe mit dem Hotelmanager gesprochen. Ich habe mit Engelszungen geredet, aber ich konnte ihn nicht überzeugen. Ich fürchte, ihr müsst das Hotel verlassen.«

»Verlassen?«, wiederholte Mike verblüfft.

»Sie werfen uns raus«, bestätigte Trautman. »Ich habe zwar alles versucht und Lady Grandersmith auch, wie du gehört hast, aber der Hoteldirektor besteht darauf, dass wir ausziehen, und zwar sofort.«

»Sofort? Aber wir wollten doch morgen sowieso –«

»Nicht morgen«, unterbrach ihn Trautman. »Jetzt. Innerhalb der nächsten Stunde. Juan und Chris sind schon dabei, ihre Sachen zu packen.«

»Dann ziehen wir eben in ein anderes Hotel«, sagte Mike.

»So einfach ist das nicht«, antwortete Trautman düster. »Es ist Hochsaison. Die Stadt ist so gut wie ausgebucht und außerdem habe ich einer ganzen Anzahl von Leuten diese Adresse hier gegeben. Du weißt ja, dass ich noch gewisse Einkäufe tätigen muss. Das meiste habe ich mittlerweile bekommen, aber das eine oder andere wird noch hierher gebracht.«

»Vielleicht kann ich Ihnen da helfen«, sagte Lady Grandersmith. »Ich besitze ein Haus in der Nähe Kairos. Es ist groß genug und es ist ausreichend Personal da. Sie und Ihre jungen Freunde können gerne dort wohnen, bis Sie Ihre Besorgungen erledigt haben. Ich werde Hasim hier lassen. Er wird alles, was für Sie angeliefert wird, zuverlässig weiterleiten.«

Trautman zögerte. Es war ihm anzusehen, dass ihm Lady Grandersmiths Vorschlag nicht gefiel.

»Das Haus liegt übrigens ganz in der Nähe der Pyramiden«, fuhr Lady Grandersmith fort. »Ich habe den Kindern versprochen, sie heute Abend dorthin zu begleiten. Auf diese Weise könnten wir das Nützliche mit dem Angenehmen verbinden.«

»Die Pyramiden?«, wiederholte Trautman verständnislos. Offenbar war ihm bisher noch gar nicht klar geworden, dass sie sich ganz in der Nähe eines der fantastischsten Bauwerke der Welt befanden.

»Kairo zu besuchen, ohne die Pyramiden zu sehen, ist eine Sünde«, sagte Lady Grandersmith. »Geben Sie sich einen Ruck, Mister Trautman. Die Kinder werden sich freuen, und was Ihre Einkäufe angeht, so wird Hasim Ihnen nach Kräften helfen.« Plötzlich lächelte sie ein wenig spöttisch. »Sie hätten mich ohnehin schon viel eher fragen sollen. Hasim ist der geborene Händler. Wenn er Sie auf den Basar begleitet, sparen Sie garantiert ein hübsches Sümmchen.«

Trautman kämpfte noch einen Moment mit sich, aber dann

nickte er schließlich widerstrebend. »Wie die Dinge liegen, haben wir ja wohl keine andere Wahl«, sagte er. Zu Mike gewandt, fügte er hinzu: »Auch wenn ich keinen Hehl daraus machen will, dass es mir nicht gefällt, dich für den Vorfall von heute Morgen auch noch zu belohnen.«

Es klopfte wieder und diesmal wurde die Tür geöffnet, noch bevor sich Trautman ganz herumgedreht hatte, und Serena und Ben traten ein. Von Ben waren allerdings nur die Beine zu sehen – sein Oberkörper war hinter einem gewaltigen Berg von Kartons und Tüten verschwunden, den er auf ausgestreckten Armen vor sich her balancierte.

Serena lief an Trautman vorbei auf Mike zu. »Mike! Du glaubst gar nicht, was ich Wundervolles –« Sie brach mitten im Satz ab. Mit leiser Überraschung sah sie Lady Grandersmith an, doch als ihr Blick auf die in Schwarz gekleidete Gestalt hinter der Lady fiel, erschien ein Ausdruck des Schreckens auf ihrem Gesicht.

Es war nicht das erste Mal, dass Serena so auf Yasal oder dessen Bruder Hasim reagierte. Mike hatte sie ein paar Mal darauf angesprochen, aber nie eine ausreichende Antwort bekommen, doch er zweifelte keine Sekunde daran, dass Serena regelrecht Angst vor den beiden hatte. Sie hatte zwar seit ihrem Abenteuer in der Stadt auf dem Meeresgrund all ihre magischen Fähigkeiten eingebüßt, die einen Teil ihres Erbes als Prinzessin von Atlantis ausmachten, aber sie war trotzdem noch sehr viel sensibler als die meisten Menschen.

»Oh«, sagte sie. »Lady Grandersmith. Ich wusste nicht, dass Sie hier sind.«

Lady Grandersmith lächelte, aber es wirkte ein bisschen verlegen. Serena hatte sich bereits wieder in der Gewalt, aber ihr Erschrecken bei Yasals Anblick war nicht zu übersehen gewesen. Vermutlich war es Lady Grandersmith peinlich, dass der Anblick ihres Leibwächters anderen Menschen Furcht einflößte. »Mister Trautman und ich hatten etwas zu besprechen«, antwortete sie ausweichend. »Aber nun muss ich gehen. Ich habe noch eine Menge Vorbereitungen zu treffen.« Sie wandte sich direkt an Trautman: »Sagen wir, in einer halben Stunde, unten beim Empfang? Oder brauchen Sie mehr Zeit?«

»Eine halbe Stunde?«, fragte Serena. »Wozu?«

»Um zu packen«, antwortete Trautman mit einem schrägen Blick in Mikes Richtung. »Wir reisen heute schon ab. Frag Mike, weshalb. Er kann es dir besser erzählen als ich.«

Mike schrumpfte unter seinen Blicken ein wenig zusammen, während auf Lady Grandersmiths Lippen ein gutmütiges Lächeln erschien.

»He! Könnte mir vielleicht jemand irgendetwas abnehmen?« Bens Stimme drang nur dünn durch den Kartonstapel, den er noch immer vor sich trug. Niemand reagierte.

»Also in einer halben Stunde unten am Empfang«, wiederholte Lady Grandersmith. »Und jetzt entschuldigen Sie mich, Mister Trautman. Ich werde versuchen, einen Wagen zu besorgen, der uns alle in mein Haus bringt. Keine Sorgen wegen der dummen Geschichte von vorhin. Ich bringe das schon in Ordnung.«

Sie ging zur Tür. Singh öffnete ihr und Yasal schloss sich seiner Herrin schweigend an. Während Lady Grandersmith das

Zimmer verließ, machte der Beduine einen Bogen um Ben, aber in diesem Moment begann der junge Engländer unter seiner Last zu wanken. Yasal versuchte ihm auszuweichen, doch Ben stolperte gegen den Beduinen und einige der Kartons, die sich auf seinen Armen stapelten, gerieten ins Rutschen. Serena stieß einen erschrockenen Laut aus und Mike machte instinktiv eine Bewegung, um zuzugreifen, aber er schaffte es nicht. Einige der sorgsam in Geschenkpapier eingeschlagenen und mit Schleifen versehenen Kartons rutschten zur Seite und stürzten zu Boden.

In diesem Moment geschah etwas Unheimliches.

Yasal schien zu einem Schatten zu werden, der so schnell vibrierte, dass seine Umrisse zu verschwimmen begannen. Es dauerte nur den Bruchteil einer Sekunde, aber als er wieder er selbst war, da hatte er alle vier Kartons sicher in seinen Armen.

Mike starrte den Beduinen fassungslos an. Auch Ben blickte ungläubig zu der schwarzen Gestalt hoch, von der nur die Augen unter dem schwarzen Turban sichtbar waren, und zwischen Serenas hellblonden Augenbrauen war eine steile Falte erschienen. Trautman blinzelte.

»Das war aber knapp«, sagte Lady Grandersmith fröhlich. »Du solltest die Kartons absetzen, Ben, bevor noch etwas herunterfällt und kaputtgeht.«

»Aber ... aber ... aber wie hat er das gemacht?«, murmelte Ben verblüfft.

Lady Grandersmith lachte. Bens Erstaunen amüsierte sie ganz offensichtlich. »Er ist ziemlich schnell, nicht wahr? Und das ist nicht die einzige Überraschung, die er und Hasim bereithaben.«

Und damit ging sie. Yasal setzte die Kartons neben Ben auf

den Boden und folgte ihr, und draußen auf dem Gang schloss sich ihnen auch sein Bruder Hasim an. Mike starrte den beiden nach, bis sie im Aufzug verschwunden waren. Ein unheimliches, diesmal fast beängstigendes Gefühl breitete sich in ihm aus. Was hatte Lady Grandersmith gesagt? *Und das ist nicht die einzige Überraschung, die sie bereithaben?*

Er war nicht sicher, ob er wissen wollte, was Lady Grandersmith damit gemeint hatte.

Lady Grandersmith war gerade gegangen, als es erneut an der Tür klopfte. Diesmal stand eine ganze Abordnung des Hotelpersonals draußen auf dem Gang, die den Auftrag hatte, Mike und den anderen dabei behilflich zu sein, ihre Sachen zu packen und die Zimmer zu räumen. Offensichtlich konnte der Hotelmanager sie nicht schnell genug loswerden.

Noch vor Ablauf der vereinbarten halben Stunde standen sie alle mit einem gewaltigen Berg aus Koffern, Kisten, Tüten, Paketen und Päckchen (das allermeiste davon gehörte Serena) im Foyer des Hotels und warteten auf Lady Grandersmith. Trautman hatte darauf bestanden, für ihre letzten Momente hier im Hotel gewisse Sicherheitsvorkehrungen zu treffen. Sie bestanden aus einem geflochtenen Katzenkorb (den Astaroth in ungefähr einer Sekunde hätte sprengen können) und einer zehnminütigen Standpauke, die Trautman dem Kater gehalten hatte. Sie musste wohl sehr eindringlich gewesen sein, denn zur allgemeinen Überraschung war Astaroth widerspruchslos in den Korb gehüpft, ehe Mike sein Zimmer verließ.

Die halbe Stunde ging vorüber, ohne dass sich eine Spur von

Lady Grandersmith zeigte. Sie warteten fünf Minuten, zehn, schließlich eine Viertelstunde. Trautman schickte einen Hotelboy hinauf zu Lady Grandersmiths Zimmer, aber dieser kam schon nach wenigen Minuten unverrichteter Dinge zurück. Kurz darauf erschien der Hotelmanager selbst, um mit Trautman zu sprechen, und Mike sah sich und die anderen bereits mit dem gesamten Gepäck auf der Straße sitzen.

Bevor es jedoch so weit kommen konnte, fuhr draußen schnaufend und klappernd ein Lastwagen vor. Er sah aus, als ob er mindestens hundert Jahre alt wäre, und bestand fast ausschließlich aus Rostschutzfarbe, Schmutzflecken, nachträglich eingesetzten Blechen, ausgebesserten Stellen und Flecken aller möglichen Farben. Gut die Hälfte der Windschutzscheibe fehlte und das Geländer rings um die Ladefläche schien ungefähr hundert Generationen junger Termiten als Trainingslager gedient zu haben. Der Motor hustete und keuchte und aus dem Auspuff quollen schwarze, fettige Qualmwolken, die wahrscheinlich noch am anderen Ende der Stadt zu riechen sein mussten. Ein kleiner, in einen bunten Kaftan gekleideter Mann sprang heraus und bewegte sich zielstrebig auf den Empfang zu.

»Au weia!«, sagte Ben. »Mir schwant Übles. Diese Klapperkiste ist doch nicht etwa der Wagen, von dem Lady Grandersmith gesprochen hat?«

Aber genau das war er. Trautman beendete seine Diskussion mit dem Manager und kam zu ihnen.

»Also, jeder schnappt sich einen Koffer und trägt ihn zum Wagen«, sagte er. »Je eher wir hier wegkommen, desto besser.«

»Aber das ist doch nicht ihr Ernst!«, beschwerte sich Ben. »Ich weigere mich, auch nur einen Fuß auf diesen rollenden Schrotthaufen zu setzen!«

»Kein Problem«, sagte Trautman kühl. »Du kannst gerne hinterherlaufen. Der Wagen wird uns zu Lady Grandersmith bringen. Er ist vielleicht nicht schön, aber er fährt, oder? Und ich weiß nicht, wie lange ich den Manager noch davon abhalten kann, die Polizei zu rufen. Also los!«

Ben zog ein langes Gesicht, aber er schnappte sich schweigend einen Koffer (den kleinsten, der greifbar war) und trug ihn zum Wagen. Auch die anderen – Trautman und Singh eingeschlossen – packten kräftig mit an, sodass nur ein paar Minuten vergingen, bis der Wagen beladen war.

»Und jetzt?«, maulte Ben. »Wo sollen wir sitzen?«

Trautman machte eine Geste zur Ladefläche hinauf. »Da ist immer noch Platz genug.«

Sie kletterten hintereinander auf die Ladefläche des Lkw. Der Motor erwachte qualmend und spuckend zum Leben, kaum dass Trautman nach vorne zu dem Fahrer in die Kabine gestiegen war, und nach wenigen Augenblicken entfernten sie sich vom Hotel.

Du könntest mich allmählich aus diesem Käfig herauslassen, sagte eine Stimme in Mikes Kopf. *Hier drinnen ist es ungefähr so gemütlich wie in einem Backofen.*

»Geschieht dir ganz recht«, antwortete Mike. »Eigentlich sollte ich dich drinnen lassen. Immerhin ist die ganze Katastrophe *deine* Schuld.« Trotzdem beugte er sich vor und öffnete den Verschluss des Katzenkorbes. Astaroths Kopf erschien über dem

Rand des Korbes, aber er machte keine Anstalten herauszuspringen.

Puh, wie ungemütlich! Und so etwas nennt ihr Urlaub machen?

»Ein komfortableres Gefährt stand uns leider nicht zur Verfügung«, antwortete Mike spitz. »Wir mussten das Hotel nämlich ziemlich überhastet verlassen, weißt du?«

»Sag bloß, dieser einäugige Mäuseschreck beschwert sich auch noch!«, sagte Ben.

Einäugiger Mäuseschreck?! Wen, bitte schön, meint er damit?

»Hör nicht hin«, sagte Mike hastig. »Er sagt manchmal komische Sachen.«

Komisch?, spöttelte Astaroth. *Das war nicht komisch, glaub mir. Aber ... weißt du, was wirklich komisch ist?*

»Nein.«

Komisch ist, antwortete Astaroth betont, *dass die großen Pyramiden von hier aus gesehen im Westen liegen. Und wenn ich mich nicht furchtbar täusche, dann fahren wir schon seit einer ganzen Weile in die entgegengesetzte Richtung.*

Mike fuhr so abrupt in die Höhe, dass die anderen ihre Gespräche unterbrachen und ihn neugierig ansahen.

»Was ist los?«, fragte Ben.

»Ich ... bin nicht sicher«, sagte Mike. »Aber liegen die Pyramiden nicht in der entgegengesetzten Richtung?«

Serena runzelte die Stirn, Chris und Juan blickten aufmerksam um sich, sagten aber nichts. Singh sah sich nur einmal kurz um, dann stand er auf und kletterte mit geschickten Bewegungen über die nahezu voll gestopfte Ladefläche des Lkw nach vorne.

Mike sah, wie er sich mit der linken Hand an den Aufbauten festhielt, zugleich mit dem linken Fuß festen Halt suchte und sich dann in weitem Bogen nach außen schwang, um so neben die Beifahrertür des Wagens zu gelangen. Der Motorenlärm verschlang den größten Teil seiner Worte, aber Mike bekam immerhin mit, dass er mit Trautman sprach. Singhs Gesicht war wie üblich keinerlei Regung anzusehen, als er wieder auf den Wagen heraufkletterte, aber Mike spürte, dass ihm das, was er gehört hatte, nicht besonders gefiel.

»Er sagt, es wäre eine Abkürzung«, sagte er. »Ob es stimmt, weiß ich nicht. Aber in einem habt Ihr Recht, Herr – wir fahren in die falsche Richtung.«

Sie hatten die Hauptstraße verlassen und bewegten sich mittlerweile durch eines jener Stadtviertel Kairos, die man Touristen normalerweise wohl nicht zu zeigen pflegte. Die Häuser zu beiden Seiten waren zumeist zweigeschossig und weiß, mit flachen Dächern und kleinen, glaslosen Fenstern, aus denen neugierige Gesichter zu ihnen herausstarrten; viele davon verschleiert. Sie kamen jetzt auch nur noch im Schritttempo vorwärts. Die Straße war sehr viel schmaler als die, durch die sie bisher gefahren waren, aber dafür voll gestopft mit Menschen, die dem heranrumpelnden Lkw nur widerwillig Platz machten.

»Schau dir mal die beiden Typen da hinten an!«, sagte Ben düster. »Sie folgen uns schon eine ganze Weile.«

Mikes Blick folgte der Richtung, in die Bens ausgestreckte Hand wies. Zwanzig oder dreißig Schritte hinter ihnen befanden sich zwei schwarz gekleidete Gestalten, die dem Wagen folgten. In der einen Straße herrschte ein ziemliches Gedränge von Menschen und Tieren und trotzdem schienen die beiden fast allein. Jedermann machte ihnen Platz, als wäre etwas an ihnen, was die Menschen davon abhielt, ihnen zu nahe zu kommen.

Mike erkannte die beiden im selben Augenblick, in dem Ben laut sagte: »Ich fresse eine Woche lang nichts anderes als Astaroths Katzenfutter, wenn das nicht Lady Grandersmiths Lakaien sind!«

Er hatte Recht. Die beiden waren Yasal und Hasim. Lady Grandersmiths Leibwächter und Diener.

»Was soll das?«, fragte Juan. »Wieso folgen uns die beiden?«

»Fragen wir sie«, sagte Singh entschlossen. Er wandte sich wieder um, balancierte auf die gleiche halsbrecherische Weise nach vorne wie gerade vorhin und rief dem Fahrer durch das offene Fenster auf der Beifahrerseite etwas zu.

Als Antwort darauf trat dieser auf das Gaspedal – und der scheinbar schrottreife Lkw machte einen Satz, der einem Rennwagen zur Ehre gereicht hätte. Singh schrie auf, verlor um ein Haar den Halt und klammerte sich im allerletzten Moment an den Aufbauten des Lkw fest.

Menschen und Tiere sprangen entsetzt dem heranrasenden Wagen aus dem Weg. Wie durch ein Wunder hatten sie bisher noch niemanden überfahren, aber Mike fürchtete, dass das sehr bald geschehen würde, denn der Wagen wurde nicht langsamer, sondern immer schneller, und dazu begann er heftig zu schlingern, schoss mal nach rechts, dann wieder nach links, und prallte schließlich gegen eines der Häuser auf der linken Straßenseite. Mike wurde von den Füßen gerissen und fiel kopfüber in den Gepäckberg hinein, der sich auf dem vorderen Teil der

Ladefläche stapelte. Funken stoben, als das Führerhaus kreischend an der Hauswand entlangschrammte. Steinsplitter, Kalk und die Reste von abgerissenen Tür- und Fensterläden flogen wie eine bizarre Bugwelle hinter ihnen her, dann machte der Wagen einen jähen Satz zur Seite, rumpelte einen Moment lang auf der Straße entlang und näherte sich dann der gegenüberliegenden Häuserreihe.

Ein Chor von Flüchen und Verwünschungen folgte ihnen, Fäuste wurden geschüttelt, Steine und andere Wurfgeschosse hinter ihnen hergeschleudert und Mike sah, dass Yasal und Hasim zu rennen begonnen hatten.

Dann erinnerte er sich an etwas, was ihn vor Schreck herumfahren und die beiden unheimlichen Beduinen auf der Stelle vergessen ließ: Singh!

Der Inder hatte es nicht geschafft, sich wieder auf den Wagen hinaufzuziehen. Er hing, sich mit nur einer Hand festklammernd, an den Aufbauten und ruderte verzweifelt mit der anderen in der Luft und versuchte sich festzuklammern. Seine Beine pendelten wild hin und her und knallten immer wieder gegen die Tür auf Trautmans Seite. Und das war nicht das Schlimmste.

Das Schlimmste war, dass sich der Wagen unaufhaltsam der Häuserreihe auf der rechten Straßenseite näherte. Singh würde einfach zerquetscht werden, wenn er gegen die Wand prallte!

»Singh!«, schrie Mike entsetzt. »Lass los!«

Aber Singh hörte seine Worte entweder nicht oder er wagte es nicht, bei diesem mörderischen Tempo tatsächlich abzuspringen. Mikes Gedanken überschlugen sich. Es blieben vielleicht noch drei oder vier Sekunden ... Mike schnellte vor, umfasste

Singhs Handgelenk und riss den Inder mit aller Gewalt in die Höhe. Singh packte gedankenschnell zu, fand schließlich irgendwo doch noch Halt und wurde regelrecht über die Ladewand des Lkw katapultiert.

Keinen Augenblick zu früh. Das Führerhaus des Wagens krachte gegen die Wand und schlingerte Funken sprühend daran entlang. Nur einen Sekundenbruchteil später, und Singh wäre ...

Nein. Mike, der von dem Anprall wie alle anderen von den Füßen gerissen worden war, arbeitete sich in die Höhe und blickte direkt in Singhs schreckensbleiches Gesicht.

»Danke, Herr«, keuchte der Inder. »Ihr habt mir das Leben gerettet.«

Damit steht es ungefähr fünfundzwanzig zu eins, dachte Mike. Er hatte längst aufgehört zu zählen, wie oft Singh *ihm* das Leben gerettet hatte. »Trautman!«, schrie er. »Was ist da vorne los?!«

Für das wilde Hinundherschaukeln des Wagens gab es eigentlich nur eine einzige Erklärung: Wahrscheinlich lieferten sich Trautman und der Fahrer gerade eine wilde Rangelei – die durchaus mit ihrer aller Tod enden konnte, denn der Wagen wurde noch schneller.

»Mike!«, brüllte Ben von hinten. Seine Stimme schnappte fast über. »Tu was! Wir müssen den Wagen anhalten! Sieh doch!«

Mike sah in die Richtung, in die Bens ausgestreckte Hand wies – nicht weit vor ihnen endete die Straße vor einer zwei Stockwerke hohen Mauer mit einem geschlossenen Tor!

Es war zu spät, um noch irgendetwas zu unternehmen –

alles, was ihm noch blieb, war, entsetzt die Arme über den Kopf zu schlagen und sich auf den Anprall vorzubereiten.

Der Wagen krachte wie eine Kanonenkugel gegen das Tor und zerfetzte es, als bestünde es aus dünnem Papier, und für eine einzige, scheinbar endlose Sekunde schien die Welt nur noch aus Schreien, wirbelnden Trümmern und auseinander brechendem Metall zu bestehen. Ein unvorstellbarer Schlag ließ das gesamte Gebäude in seinen Grundfesten erbeben und Mike fühlte sich wie von einer unsichtbaren Faust gepackt und in die Höhe gerissen. Noch während der Wagen durch das zerberstende Tor schoss, wurden Mike und alle anderen in hohem Bogen von der Ladefläche geschleudert.

Wahrscheinlich rettete ihnen das das Leben.

Mike überschlug sich ein paar Mal hintereinander, ehe er liegen blieb, aber er sah trotzdem, wie der Wagen, eingehüllt in einen Regen aus durcheinander fliegenden Ziegeln und Metallteilen, weiter in das Haus hineinschoss und dann mit fast unverminderter Wucht gegen die jenseitige Wand prallte. Was vom Führerhaus noch übrig war, verwandelte sich sofort in einen Schrotthaufen. Der Wagen wurde durch die Wucht des Aufpralles ein Stück zurückgeschleudert, neigte sich zur Seite und kippte schließlich um.

»Trautman!«, keuchte Mike. »Um Gottes willen – Trautman!!!«

Die Angst um seinen väterlichen Freund ließ ihn alles andere vergessen. Er sprang in die Höhe und raste auf den umgestürzten Lastwagen zu. Dabei bekam er noch mit, wie Singh hinter ihm hochkam und ebenfalls zu laufen begann. Vor seinem geistigen Auge sah er ein schreckliches Bild: Trautman, der tot im

Wrack des Führerhauses lag, zerschmettert durch den gewaltigen Aufprall, den kein Mensch überlebt haben konnte.

Singh und er mussten den Wagen umrunden, um an die zerbeulte Beifahrertür zu gelangen, und gerade, als Mike sie aufreißen wollte, ertönte ein metallisches Reißen und sie wurde von innen aufgestoßen. Alles ging so schnell, dass er im Grunde nur einen Schatten sah. Etwas – irgendetwas, nicht Trautman! – tauchte in einem Wirbel aus Schwarz aus dem Wagen auf, fetzte mit einer gewaltigen Bewegung die kaputte Tür vollends aus den Angeln und raste so schnell zwischen Singh und ihm hindurch, dass sie nicht einmal Gelegenheit bekamen, es richtig zu sehen; geschweige denn, danach zu greifen. Irgendetwas Kaltes schien ihn zu streifen, aber vielleicht war das das falsche Wort: es berührte Mike nicht wirklich, sondern schien vielmehr seine Seele zu streifen ...

Mike verscheuchte den Gedanken, rannte weiter und zog sich mit einer hastigen Bewegung an dem zertrümmerten Führerhaus in die Höhe, um einen Blick in sein Inneres zu werfen.

Trautman hockte mit blutüberströmtem Gesicht und sichtbar benommen auf dem Boden, aber er war am Leben und er schien nicht einmal sehr schwer verletzt zu sein, denn als Mike die Hand nach ihm ausstreckte und Anstalten machte, zu ihm in den Wagen zu klettern, schüttelte er hastig den Kopf und begann mit beiden Händen zu gestikulieren, in denen er etwas Buntes hielt.

»Der Fahrer!«, sagte er. »Schnappt euch den Kerl! Schnell!«

Mike starrte ihn eine halbe Sekunde lang völlig verwirrt an.

Erst dann sah er, dass Trautman allein im Wagen war – und dass er nichts anderes als die Fetzen eines bunten Kaftans in den Händen hielt. Was Singh und ihn fast von den Füßen gerissen hätte, war nichts anderes als der Lkw-Fahrer gewesen!

»Schnappt ihn euch!«, schrie Trautman noch einmal. »Los doch! Er darf nicht entkommen!«

Das wirkte. Mike fuhr herum und hielt nach dem Schatten Ausschau, der aus dem Wagen gesprungen war. Er sah gerade noch, wie dieser durch eine schmale Tür in einer der Seitenwände verschwand. Seltsamerweise konnte er ihn auch jetzt nicht richtig erkennen. Alles, was er sah, war etwas Dunkles, Wirbelndes, das gar keine richtige Form zu haben schien. Dann war es verschwunden und die Tür fiel mit einem dumpfen Knall ins Schloss.

»Hinterher!«, befahl Mike. Singh war bereits herumgefahren und setzte mit ein paar großen Sprüngen hinter dem Fahrer her. Noch bevor Mike vom Wagen heruntergesprungen war, hatte er die Tür erreicht und aufgerissen.

»Singh!«, schrie Mike. »Nicht! Warte auf mich!«

Er wusste selbst nicht, warum er das rief, er brauchte sich bestimmt keine Sorgen um Singh zu machen – der Inder war nicht nur sein Freund und Leibwächter, sondern auch einer der stärksten Männer, die Mike je kennen gelernt hatte, auch wenn man ihm dies auf den ersten Blick nicht ansah. Er war ein Sikh, ein Mitglied der alten Kriegerkaste Indiens, die überall auf der Welt für ihren Mut und ihre Tapferkeit bekannt war. Und trotzdem ... Es hatte mit dem Schatten zu tun, den er kaum richtig gesehen hatte. Irgendetwas an diesem Schatten war unheimlich gewesen; auf eine seltsame, kaum in Worte zu fassende Weise *falsch* ...

Singh reagierte nicht auf Mikes Schrei, sondern verschwand mit einem gewaltigen Schritt durch die Tür. Mike rannte, so schnell er konnte, und erreichte den Durchgang kaum eine Sekunde nach dem Inder. Trotzdem konnte er Singh nicht mehr sehen – der Inder war bereits eine ausgetretene Steintreppe hinuntergehetzt, die unmittelbar hinter der Tür begann und sich bereits nach wenigen Stufen in undurchdringlicher Finsternis verlor. Mike konnte bloß die Schritte Singhs irgendwo unter sich hören.

Etwas an dieser Dunkelheit erschreckte ihn so sehr, dass er abrupt stehen blieb und für ein paar Sekunden zögerte weiterzulaufen. Es war, als wäre dort vor ihm nicht nur Dunkelheit, nicht nur die *Ab*wesenheit von Licht, sondern die *An*wesenheit von etwas anderem, Unbeschreibbarem, das das Tageslicht aufgesogen hatte und auch ihn verschlingen würde, wenn er den Fehler beging, ihm zu nahe zu kommen. Das Gefühl war für einen Moment so intensiv, dass er einfach nicht dagegen ankam.

Aber dann hörte er wieder Singhs Schritte und die Sorge um seinen Freund war größer als seine Furcht. Mike nahm all seinen Mut zusammen und stürmte hinter Ghunda Singh die Treppe hinab.

Vor ihm war nichts – keine körperlosen Ungeheuer, die sich auf ihn stürzten, kein Abgrund, der sich jäh unter seinen Füßen auftat, sondern tatsächlich nichts als Dunkelheit. Und doch ... In dieser Dunkelheit *war* etwas. Mike konnte es mit fast körperlicher Intensität spüren; so als berührten unsichtbare Spinnweben sein Gesicht und seine Hände. Was er gerade noch als Ausgeburt seiner eigenen überreizten Fantasie abgetan hatte, das wurde jetzt fast zur Gewissheit. Er *hatte* eine unsichtbare Grenze überschritten. Es war, als wäre er plötzlich gar nicht mehr in seiner Welt, sondern in ...

Ja, wo eigentlich?

Das Gefühl war so erschreckend, dass er gar nicht bemerkte, dass er das Ende der Treppe erreicht hatte, sondern mit voller Wucht gegen Singh prallte und ihn um ein Haar von den Füßen gerissen hätte.

Singh taumelte zur Seite, Mike stolperte einen Schritt zurück und hatte alle Mühe, sein Gleichgewicht zu halten.

»Ist Euch etwas passiert, Herr?«, fragte Singh erschrocken.

Mike schüttelte den Kopf und sah sich mit Erstaunen und Unglauben um. Singh und er befanden sich in einem kleinen, vielleicht fünf oder auch acht Schritte messenden Kellerraum, der weder einen zweiten Ausgang noch ein Fenster hatte. Die Wände bestanden aus uraltem, aber trotzdem höchst massivem Mauerwerk. Direkt neben der Tür brannte eine Fackel, die die Kammer in düsterrote, flackernde Helligkeit tauchte.

»Wo ... wo ist er?«, frage Mike verwirrt.

Singh hob hilflos die Schultern. Er sagte nichts, aber Mike konnte auf seinem Gesicht dieselbe Verblüffung lesen, die auch er selbst verspürte. Der Mann war fort.

»Aber das ist doch unmöglich!«, murmelte Mike.

Diesmal antwortete Singh. »Ich war nur zwei oder drei Schritte hinter ihm. Ich konnte ihn hören. Aber er ist verschwunden.«

»Unmöglich«, sagte Mike noch einmal – als würde es ausreichen, dieses Wort nur oft genug auszusprechen, um den verschwundenen Fahrer wie aus dem Nichts wieder erscheinen zu lassen, aber es blieb dabei: Der Fremde war spurlos verschwunden. Innerhalb einer einzigen Sekunde und aus einem Kellerraum, der keinen zweiten Ausgang hatte.

Jedenfalls keinen, den man *sehen* konnte ...

»Das ist es!«, sagte Mike aufgeregt. »Ein Geheimgang. Es muss hier irgendwo eine Geheimtür geben! Komm, hilf mir suchen!«

Singh sah ihn zweifelnd an und Mike spürte, wie wenig überzeugend seine Worte klangen. Selbst wenn es hier unten eine Geheimtür gab – die Zeit hätte für den Mann nicht ausgereicht, sie zu öffnen, hindurchzuschlüpfen und spurlos wieder hinter sich zu schließen, und das alles in der einen Sekunde, die sein Vorsprung betragen hatte.

Trotzdem protestierte Singh nicht, sondern begann gehorsam die steinerne Wand auf der rechten Seite abzutasten, während Mike auf der linken Seite dasselbe tat. Mit dem Ergebnis, das er sich eigentlich hätte denken können – nämlich keinem. Die Wand war das, wonach sie aussah: alt, modrig und sehr massiv.

Plötzlich aber stieß Singh einen leisen, überraschten Ruf aus. Mike fuhr herum und trat mit zwei schnellen Schritten neben ihn. »Was ist?«, fragte er. »Hast du die Tür gefunden?«

»Nein, Herr«, antwortete Singh. »Aber seht – das ist – seltsam.«

Mike runzelte fragend die Stirn und beugte sich weiter vor, um in dem flackernden Licht genauer zu erkennen, was Singh entdeckt hatte.

Es war eine Art Bild, das offenbar schon vor sehr langer Zeit tief in den Stein der Wände hineingemeißelt worden war. Mike musste wieder einen Schritt zurücktreten, um es in seiner ganzen Größe überblicken zu können. Es schien eine Art Symbol darzustellen. Ein mehr als mannsgroßer Kreis, von dessen Rand gezackte Linien nach außen liefen; so als hätte ein Kind mit krakeliger Hand versucht, eine Sonne zu malen. Auch im Inneren des Kreises *war* etwas, aber Mike konnte beim besten Willen nicht sagen, was. So absurd der Gedanke war, aber die Umrisse schienen sich zu *bewegen*, als versuchten sie, sich seinen Blicken zu entziehen.

»Was mag das sein?«, fragte Mike erstaunt.

Singh zuckte abermals mit den Schultern. »So etwas habe ich noch nie gesehen«, gestand er. Nach einer Sekunde des Zögerns fügte er hinzu: »Aber es ist irgendwie ... gespenstisch.«

Mike spürte plötzlich ein eisiges Frösteln. Es war nicht nur so, dass dieses Eingeständnis für den normalerweise so wortkargen Inder schon etwas Besonderes darstellte, es zeigte Mike, dass auch er den Hauch des Fremden, Unheimlichen spürte, von dem Mike sich bis jetzt immer noch eingeredet hatte, dass er ihn sich nur einbildete ...

»He, da unten! Was ist los? Lebt ihr noch?«

Mike fuhr erschrocken zusammen, aber zugleich war er auch erleichtert, Bens Stimme zu hören, denn ihr Klang riss ihn abrupt in die Wirklichkeit zurück. Rasch wandte er sich um und rief:

»Alles in Ordnung! Uns ist nichts passiert!«

»Na, dann ist es ja gut«, antwortete Ben. »Aber vielleicht bewegt ihr euch mal hier herauf. Hier wird's nämlich brenzlig!«

Mike und Singh tauschten einen raschen, erschrockenen Blick, dann rannten sie gemeinsam los. Der Rückweg nach oben kam Mike viel länger vor als der hinab – es mussten mindestens fünfundzwanzig oder dreißig Stufen sein und er konnte sich beim besten Willen nicht erinnern, so weit nach unten gelaufen zu sein. Aber mit diesem sonderbaren Gebäude stimmte ja ohnehin so manches nicht.

Ben erwartete sie mit sichtbarer Ungeduld. »Wo bleibt ihr denn?«, fragte er. »Ich habe schon gedacht, ihr hättet dort unten ein kleines Kaffeekränzchen abgehalten.«

»Aber wir waren doch nur –«, begann Mike, kam jedoch nicht dazu, weiterzusprechen. Ben hatte sie nicht allein erwartet. Hinter ihm hatten sich Chris, Juan und Serena versammelt und jetzt tauchte auch Trautman auf. Er war sehr bleich und hatte eine hässliche Platzwunde auf der Stirn, schien aber ansonsten unverletzt zu sein, wie Mike erleichtert feststellte.

»Wo wart ihr so lange?«, fragte er in ungewöhnlich ruppigem Ton.

»Er ist uns entkommen«, gestand Mike kleinlaut. »Wir waren direkt hinter ihm, aber er ist einfach verschwunden. Und noch etwas ist sehr eigenartig dort unt–«

»Das spielt jetzt keine Rolle.« Trautman schnitt ihm mit einer entsprechenden Handbewegung das Wort ab. »Wir müssen hier raus! Gibt es unten einen anderen Ausgang?«

»Nein«, antwortete Mike. »Das ist es ja. Ich –«

Er brach abermals mitten im Satz ab, denn was er hinter Trautman und den anderen erblickte, das ließ ihn schlagartig verstehen, was Ben gerade mit *brenzlig werden* gemeint hatte.

Das Gebäude, dessen Tür sie durchbrochen hatten, schien eine Art Lagerhaus zu sein. Der Lkw hatte einen ganzen Berg von Kisten und Fässern niedergewalzt, ehe er umgestürzt war, sodass auf dem Boden Holzteile, Metallstücke und die Trümmer der zerborstenen Tür verstreut lagen. Aber die so entstandene Öffnung war keineswegs leer. Mike schätzte, dass es mindestens zwei Dutzend Männer sein mussten, die sich auf der Straße und am Eingang des Gebäudes versammelt hatten. Und obwohl er gegen das helle Sonnenlicht draußen ihre Gesichter nicht erkennen konnte, spürte er die gespannte Stimmung doch sehr deutlich. Von der Menge ging ein unwilliges Murren und Raunen aus und Mike sah eine allgemeine, erregte Bewegung. Und es kamen mit jedem Moment mehr Männer hinzu.

»Sie scheinen nicht besonders gut gelaunt zu sein«, sagte Ben.

Trautman schnaubte. »Was erwartest du? Dieser Narr hätte ein Blutbad anrichten können! Es ist ein Wunder, dass wir niemanden überfahren haben!«

Und nachdem der Fahrer verschwunden ist, halten sie euch natürlich für die Schuldigen, fügte Astaroths Stimme in Mikes Gedanken hinzu.

»Vielleicht sollten wir mit ihnen reden«, sagte Mike zögernd. »Es ist ja nichts passiert, und ...«

Das würde ich dir nicht raten, sagte Astaroth. *Verschwindet lieber von hier. Sie warten nur auf einen Anlass, sich auf euch zu stürzen.*

Mike berichtete den anderen rasch, was er von Astaroth erfahren hatte. Trautman nickte. »Das habe ich mir schon gedacht«, sagte er düster. »Diese Leute hier sind im Moment sowieso nicht gut auf Ausländer zu sprechen – und wir haben die halbe Straße demoliert.«

»Wir müssen hier raus«, pflichtete ihm Singh bei.

Aber das war leichter gesagt als getan. Mikes Blick glitt Hilfe suchend durch den Raum, aber er fand nicht, wonach er suchte. Das Gebäude war anscheinend tatsächlich nur eine große Lagerhalle. Mit Ausnahme der Tür, durch die sie hereingerast waren, und der Kellertreppe gab es keinen weiteren Ausgang ...

»Das kann ja heiter werden«, murmelte Juan.

»Wolltest du nicht ein bisschen Aufregung«, fragte Ben spöttisch.

Juan schenkte ihm einen bösen Blick. »Ja. Aber eigentlich wollte ich nicht gelyncht werden.«

Mike fand das nicht besonders komisch. Selbst ohne Astaroths Worte wäre mittlerweile beim besten Willen nicht mehr zu übersehen gewesen, wie aufgebracht die Menge war. Aus dem unwilligen Murren war ein Chor wütender Stimmen geworden. Fäuste wurden geschüttelt und der eine oder andere hatte auch einen Knüppel mitgebracht, den er zornig in ihre Richtung schwenkte. Zu seinem Entsetzen sah Mike sogar zwei Männer, die mit Krummsäbeln bewaffnet waren.

»Ich verstehe das nicht«, sagte Ben. »Klar, dass sie nicht besonders erfreut sind – aber die tun ja so, als hätten wir wer weiß was angestellt.«

»Vielleicht ... haben wir doch jemanden überfahren, ohne es zu merken?«, fragte Serena zögernd.

Für eine Sekunde machte sich betroffenes Schweigen breit, dann drehte sich Mike zu Astaroth herum und sah ihn fragend an.

Nein, lautete die Antwort des Katers. *Aber ihr solltet euch bewaffnen. Das meine ich ernst.*

Die letzten Sätze behielt Mike vorsichtshalber für sich – wenn sich diese Anzahl von Männern auf sie stürzte, dann hätten sie mit oder ohne Waffen keine besonders guten Aussichten, hier lebend herauszukommen.

»Ich rede mit ihnen«, sagte Trautman entschlossen. Er machte einen Schritt, um seine Ankündigung in die Tat umzusetzen, und blieb sofort wieder stehen.

Seine Bewegung hatte eine neuerliche heftige Woge von Flüchen und Drohungen ausgelöst. Fünf oder sechs Männer hatten den Lagerraum mittlerweile ganz betreten und weitere folgten ihnen; noch zögernd, aber mit jedem Schritt mutiger werdend. Alle waren bewaffnet.

»Wenn wir kämpfen müssen, flieht jeder für sich!«, sagte Ben. »Wir treffen uns am Hafen.«

»Witzbold«, knurrte Juan. »Wenn *die* sich auf uns stürzen, treffen wir uns im Himmel wieder.«

Die Männer näherten sich ihnen weiter. Mike sah aus den Augenwinkeln, wie Trautman sich spannte und Singh einen Schritt in seine Richtung machte; wohl, um ihn zu beschützen, sollte es ernst werden. Mike machte sich jedoch nichts vor – gegen *diese* Übermacht hatte nicht einmal der Sikh-Krieger eine Chance.

»Achtung!«, schrie Ben plötzlich. »Sie kommen!«

Mike fuhr entsetzt zusammen und trat rasch vor Serena. Erst dann sah er, dass Ben sich getäuscht hatte.

Tatsächlich war in die aufgeregte Menge plötzlich eine angstvolle Bewegung gekommen. Draußen auf der Straße gellten nun Schreie und er sah Schatten und hektisch rennende Gestalten. Etwas klirrte und wieder hörte er einen Schrei, der diesmal eindeutig schmerzerfüllt klang.

Auch die Männer, die sich ihnen bereits genähert hatten, fuhren erschrocken herum. Die Menge schien regelrecht in Panik zu geraten und er hörte auch Geräusche, die eindeutig auf einen Kampf schließen ließen.

In der nächsten Sekunde schon wurde aus seinem Verdacht Gewissheit. Ein gellender Schrei erklang und dann stolperte eine Gestalt in einem braunen Kaftan in die Halle herein und brach zusammen. Drei, vier weitere Männer folgten ihm, offensichtlich in großer Hast vor irgendetwas fliehend, und dann teilte sich die Mauer aus Leibern, die die Tür bisher versperrt hatte, und sie sahen endlich, *was* all diese Männer derart in Schrecken versetzte:

Mike atmete tief durch. Es waren zwei große, in der Farbe der Nacht gekleidete Gestalten, die unter die Männer fuhren. Sie waren unbewaffnet, aber das machte keinen Unterschied. Ihre Bewegungen waren so schnell, dass Mike sie kaum sah. Er wusste sofort, wen sie vor sich hatten – Yasal und Hasim, Lady Grandersmiths Leibwächter, aber sie schienen nur wirbelnde schwarze Schatten zu sein, unter deren Hieben und Tritten die Menschenmenge auseinander stob wie eine Schafherde, unter die der Wolf gefahren war.

»Al Achawwiya al sauda'!«

Zuerst war es nur eine Stimme, die diese fremdartigen Worte schrie, aber gleich darauf stimmte die gesamte Menge in den Ruf ein und die schienen die Panik endgültig komplett zu machen. Mike wusste nicht, was die Worte bedeuteten, aber allein ihr unheimlicher Klang jagte auch ihm einen eisigen Schauer über den Rücken. Hatten bisher noch einige besonders tapfere Männer versucht, die beiden tobenden Beduinen aufzuhalten, so warfen nun auch die letzten ihre Waffen fort und stürzten davon. Auch die Männer, die bereits zu ihnen hereingekommen waren, fuhren herum und suchten ihr Heil in der Flucht.

Nicht allen gelang es. Mike sah voller Entsetzen, wie Yasal einen der Flüchtenden mit einem gewaltigen Satz einholte und ihn so mühelos durch die Luft schleuderte wie ein Kind eine Stoffpuppe. Der Mann prallte gegen die Wand, rappelte sich mit der Kraft der Verzweiflung wieder auf und humpelte davon. Yasal setzte ihm nach und holte ihn mit einem einzigen Schritt ein.

»Nein!«

Serenas Stimme war so scharf, dass für den Bruchteil einer Sekunde alles mitten in der Bewegung zu erstarren schien. Yasal, der den unglückseligen Burschen bereits wieder gepackt und diesmal hoch über den Kopf erhoben hatte, um ihn mit tödlicher Wucht auf den Boden zu schmettern, hielt inne und wandte sich Serena zu.

»Nein!«, sagte Serena noch einmal. »Tu das nicht! Es ist nicht nötig! Sie fliehen doch!«

Für eine Sekunde stand der schwarz gekleidete Beduine da und starrte Serena an, und es war Mike, als fände ein stummer Zweikampf zwischen ihnen statt. Er selbst war sicher, dass er dem durchdringenden Blick der unheimlichen Augen keinen Sekundenbruchteil lang standgehalten hätte – aber am Ende war es Serena, die das stumme Duell gewann. Nicht unbedingt sanft, aber auch nicht mit der furchtbaren Gewalt, zu der er ausgeholt hatte, setzte Yasal den Mann zu Boden und wandte sich dann vollends zu ihnen herum.

»Puh«, sagte Chris. »Das war knapp.«

Mike fragte sich, was er damit meinte – ihre Rettung vor der aufgebrachten Menge oder Serenas Eingreifen, das dem Mann mit großer Wahrscheinlichkeit das Leben gerettet hatte.

Die aufgebrachte Menge war inzwischen fast verschwunden. Zwei oder drei Nachzügler humpelten noch davon, aber ansonsten schien die Straße mit einem Male wie ausgestorben. Es war, als reiche die bloße Anwesenheit der beiden Beduinen allein, um alles menschliche Leben in weitem Umkreis zu vertreiben.

»Danke«, sagte Trautman. »Das war wirklich Rettung in letzter Sekunde. Was ist passiert? Wieso seid ihr hier und was war mit dem Fahrer los?«

Weder Yasal noch Hasim antworteten und plötzlich erinnerte sich Mike wieder daran, dass er keinen der beiden jemals auch nur ein Wort hatte sagen hören.

»Das sollten wir vielleicht später klären«, sagte Ben nervös. »Ich meine ... sie könnten zurückkommen.«

»Und selbst wenn nicht, hat bestimmt jemand die Polizei gerufen«, fügte Chris hinzu.

»Und?«, fragte Mike. »Vor zehn Sekunden hättest du dir noch *gewünscht,* dass die Polizei kommt, oder?«

»Ihr kennt die Polizei Kairos nicht«, sagte Trautman mit einem schiefen Lächeln. »*Ich* möchte ihr jedenfalls nicht erklären müssen, was hier passiert ist ...« Er überlegte eine Sekunde, dann wandte er sich wieder an Yasal und Hasim.

»Könnt ihr uns von hier wegbringen?«

Möglicherweise sprachen die beiden kein Englisch, aber zumindest verstanden sie es. Yasal nickte und Hasim machte eine entsprechende Handbewegung über die Schulter nach draußen.

»Also gut«, sagte Trautman. »Dann nichts wie raus hier.«

»Und unsere Sachen?«, fragte Serena.

Trautman warf einen Blick durch den Raum. Was nicht bei dem Zusammenprall des Wagens mit dem Tor zerstört worden war, das war in einem heillosen Chaos überall verstreut. Er schüttelte den Kopf. »Es tut mir Leid, aber dafür bleibt uns keine Zeit«, sagte er bedauernd. »Sei froh, dass wir noch am Leben sind, Serena. Kommt jetzt. Wir müssen weg. Und außerdem möchte ich mich gerne mit Lady Grandersmith über einige Eigenschaften ihrer Dienstboten unterhalten.«

»Sie können sich gar nicht vorstellen, wie Leid es mir tut«, sagte Lady Grandersmith zum wiederholten Mal an diesem Abend. Sie schüttelte abermals den Kopf und sah Mike und die anderen der Reihe nach und mit aufrichtiger Sorge an.

Es war mittlerweile später Nachmittag. Sie saßen auf der Terrasse des Hauses, von dem Lady Grandersmith gesprochen hatte – das sich als Prachtbau von der Größe und Ausstattung eines kleinen Schlosses entpuppt hatte –, und tranken eisgekühlten Zitronentee, und obwohl erst wenige Stunden verstrichen waren, seit sie mit so knapper Not dem sicheren Tod entgangen waren, kam Mike ihr Abenteuer schon fast wie ein böser Traum vor.

Yasal und Hasim hatten sie zu einem Wagen geführt, der gar nicht weit entfernt in einer Seitenstraße geparkt gewesen war, und die beiden hatten auch gleich noch für eine Überraschung gesorgt: Yasal erwies sich nämlich als ausgezeichneter Fahrer, der sie in einem höllischen Tempo, aber nichtsdestotrotz sehr sicher aus der Stadt gebracht hatte. Danach war es eine gute Stunde nach Westen gegangen, zu Anfang noch über eine asphaltierte Straße, später über einen schmalen Weg und schließlich durch die Wüste. Und gerade als Mike ernsthaft darüber nachzudenken begonnen hatte, ob es das Haus der Lady Grandersmith denn überhaupt gab, hatten sie diese Oase erreicht: ein kleines Paradies, das versteckt in einem Dünental lag und aus einem kristallklaren Quellsee und einem Palmenwäldchen bestand, unter dessen Schatten das Haus lag.

»Ich verstehe immer noch nicht, wie der Bursche wissen konnte, dass wir auf einen Wagen warten«, sagte Ben kopfschüttelnd. Er nippte an seinem Zitronentee, behielt aber Lady Grandersmith dabei über den Rand des Glases hinweg scharf im Auge. Er machte aus seinem Misstrauen keinen Hehl, obwohl Lady Grandersmith ihnen bereits mehrmals erklärt hatte, was wirklich passiert war. Und ihrem Gesichtsausdruck nach zu schließen, begann sie sich allmählich darüber zu ärgern. Trotzdem tat sie es geduldig noch einmal.

»Die Schuld trifft auch mich, junger Mann«, antwortete sie. »Ich gebe es zu. Ich habe länger für meine Reisevorbereitungen gebraucht, als ich gedacht hatte, und als ich schließlich mit dem Wagen zum Hotel kam, wart ihr nicht mehr da.«

»Ja«, sagte Ben säuerlich. »Wir waren schon unterwegs. Mit einem anderen Wagen.«

Lady Grandersmith machte ein betrübtes Gesicht. »Ich kann es mir nur so erklären, dass irgendjemand vom Hotelpersonal wusste, dass ihr auf eine Fahrgelegenheit wartet.«

»Und hat seinen Onkel gerufen, der Ehrenmitglied bei der örtlichen Mafia-Filiale ist?«, fragte Ben.

Lady Grandersmith überging den sarkastischen Unterton und nickte ernst. »So etwas kommt leider immer wieder vor. Dies ist ein armes Land, Ben; und euer Hotel ist eines der teuersten in der Stadt. So etwas lockt fast zwangsläufig alle möglichen zwielichtigen Gestalten an. Glaub mir, ich bedaure am meisten, was passiert ist, aber ihr hattet trotz allem noch großes Glück.«

»Ja«, sagte Trautman. »Wären Ihre beiden Bediensteten nicht zufällig aufgetaucht ...«

»Oh, so zufällig war das nicht«, erklärte Lady Grandersmith mit einem Seitenblick auf Hasim, der mit vor der Brust verschränkten Armen einige Meter abseits stand und auf weitere Befehle wartete. Mike fühlte sich in seiner Gegenwart nach wie vor unbehaglich. Dass die beiden Beduinen ihnen gerade das Leben gerettet hatten, änderte nichts daran.

»Nein?«, fragte Mike.

»Nein«, bestätigte Lady Grandersmith. »Wir haben euch nur um wenige Minuten verpasst. Als ich hörte, was geschehen war, habe ich Yasal und Hasim losgeschickt, um euch zu suchen. Wie sich gezeigt hat, keine Sekunde zu früh.«

»Das stimmt«, sagte Trautman schaudernd. »Ich verstehe bis jetzt nicht, warum die Leute so erbost waren. Sie hätten uns gelyncht, wären die beiden nicht aufgetaucht.«

Lady Grandersmith lachte leise. »Kein Wunder. Wissen Sie überhaupt, wo Sie waren?«

»Nein«, antwortete Trautman.

»Seien Sie froh«, sagte Lady Grandersmith. »Die Gegend gehört zu den schlimmsten der ganzen Stadt. Diese Leute waren nicht wütend, weil ihr etwas getan habt, Mister Trautman, sondern weil Sie und die Kinder ihnen auf die Schliche zu kommen drohten. Kein Räuber hat es gern, wenn sein Versteck bekannt wird.« Plötzlich wurde sie sehr ernst. »Glauben Sie mir – sie hätten euch alle getötet.«

Das klang plausibel. Und trotzdem ... irgendwie überzeugte es Mike noch nicht. Er musste unentwegt an den Ausdruck von Angst auf den Gesichtern der Männer denken, den Yasals und Hasims Erscheinen hervorgerufen hatte – und die Brutalität, mit der die beiden gegen die Männer vorgegangen waren. Auch Mike hatte schon um sein Leben kämpfen müssen, und das mehr als einmal, aber er wäre niemals auf die Idee gekommen, einem Gegner nachzusetzen, der bereits floh.

»Aber nun ist es ja überstanden«, sagte Lady Grandersmith in verändertem Ton. »Es tut mir Leid, dass ihr eure Sachen eingebüßt habt – vor allem du, Serena, aber das war das kleinere

Übel, denke ich.« Sie blinzelte Serena verschwörerisch zu. »Ich bin sicher, dass ich noch ein paar kleine Souvenirs für euch finde, bevor ihr abreist.«

»Was morgen der Fall sein wird«, sagte Trautman.

»Morgen schon?« Lady Grandersmith wirkte überrascht, obwohl sie es eigentlich besser wissen musste.

»Das hatten wir besprochen«, erinnerte Trautman.

»Jaja«, antwortete Lady Grandersmith hastig. »Das stimmt. Aber ...« Sie schwieg einen Moment. »So, wie die Dinge liegen, sollten Sie sich überlegen, doch noch ein paar Tage hier zu bleiben. Sie sind meine Gäste, solange Sie wollen.«

»Das ist sehr freundlich von Ihnen, Lady Grandersmith. Aber –«, begann Trautman, wurde aber sofort wieder von ihr unterbrochen:

»Das ist nicht nur freundlich, ich fürchte, es muss sein«, sagte Lady Grandersmith. »Sehen Sie, was heute in der Stadt geschehen ist, hat garantiert für eine Menge Aufsehen gesorgt. Ich fürchte, es wird jetzt nicht mehr so einfach werden, die Dinge zu besorgen, die Sie noch brauchen. Wir sollten ein, zwei Tage verstreichen lassen, nur zur Sicherheit. Die Polizei war sicher bereits im Hotel und auch die Leute, denen Sie gerade noch einmal entkommen sind, sind nicht zu unterschätzen. Glauben Sie mir – Sie nehmen meine Einladung besser an und verlängern Ihren Urlaub noch um ein paar Tage.«

Trautman schwieg. Er sah nicht besonders begeistert drein, aber er schien auch einzusehen, dass Lady Grandersmith wahrscheinlich Recht hatte. Es würde jetzt tatsächlich sehr viel schwieriger werden, noch einmal in die Stadt zu gehen und die

Teile zu besorgen, die sie für die Reparatur der NAUTILUS benötigten.

»Und außerdem ist da ja noch der versprochene Ausflug zu den Pyramiden«, erinnerte Lady Grandersmith. »Ich glaube nicht, dass es klug wäre, heute dorthin zu fahren. Für diesen Tag habt ihr alle genug Aufregung gehabt. Aber wir holen es morgen oder übermorgen nach.«

»Das ist keine gute Idee«, sagte Singh. Nicht nur Mike sah ihn stirnrunzelnd an – schließlich hatten sie sich alle auf den Ausflug zu den Pyramiden gefreut –, aber der Inder fuhr unbeirrt fort: »Sie haben vollkommen Recht, Lady Grandersmith. Man wird nach uns Ausschau halten, entweder die eine oder die andere Seite. Und eine Gruppe wie die unsere fällt zwangsläufig auf. Selbst bei den Pyramiden.«

»Oh, das ist kein Problem«, antwortete Lady Grandersmith lächelnd. »Ich kenne den Mann, der die Führungen organisiert. Ich bin sicher, dass er für uns eine kleine Privattour veranstaltet. Ganz unter uns und am Abend, wenn die Touristen nicht mehr da sind. Und andere neugierige Augen.«

Es war nicht das erste Mal, dass Lady Grandersmith etwas in dieser Art sagte. Wahrscheinlich war ihr längst aufgefallen, dass Trautman, Singh und die anderen ein Geheimnis umgab und dass sie aus irgendwelchen Gründen Wert darauf legten, nicht zu viel Aufsehen zu erzeugen. Sie fragte nie direkt, aber es gelang ihr auch nicht, ihre Neugier ganz im Zaum zu halten.

»Ich denke darüber nach«, sagte Trautman. Er hob rasch die Hand und warf einen Blick in die Runde. »Das heißt nicht zwangsläufig *ja*, damit wir uns verstehen.«

»Aber auch nicht *nein*«, sagte Lady Grandersmith lächelnd. Sie stand auf. »Ich schlage vor, dass wir uns nach den schlimmen Ereignissen jetzt alle ein wenig Ruhe gönnen. In ein paar Stunden geht die Sonne unter, dann ist es kühler. Yasal wird uns das Abendessen zubereiten. Er ist ein ausgezeichneter Koch.«

»Und was noch?«, fragte Mike.

Lady Grandersmith blinzelte. »Wie meinst du das?«

Mike zögerte einen Moment, sprach aber dann doch weiter: »Ich weiß nicht genau, wie ich es sagen soll. Aber er und Hasim ...« Er suchte nach Worten. »Als wir in diesem Lagerschuppen waren«, sagte er schließlich, »und Yasal und sein Bruder auftauchten, da ... da haben die Leute etwas geschrien.«

»So? Was denn?«

»Al Achawwiya al sauda'«, sagte Serena, ehe Mike antworten konnte. Sie sprach die fremdartig klingenden Worte ohne Akzent aus.

»Ja, genau«, sagte nun auch Juan. »Wir wissen nicht, was es heißt, aber es schien ihnen gewaltige Angst zu machen.«

Für eine Sekunde wirkte Lady Grandersmith regelrecht erschrocken – aber dann begann sie zu lachen.

»Al Achawwiya al sauda'«, wiederholte sie. »Ja, jetzt verstehe ich.« Sie sah Yasal an und drohte ihm spielerisch mit dem Finger. »Yasal, wie oft soll ich euch noch sagen, dass ihr das lassen sollt?«

»Was?«, fragte Mike.

»Übersetzt heißt es ungefähr so viel wie *Die Schwarze Bruderschaft*«, antwortete Lady Grandersmith. »Es ist eine Legende. Nicht mehr.«

»Dafür hat es ihnen aber eine Menge Angst gemacht«, sagte Ben.

»Genau das sollte es auch«, meinte Lady Grandersmith mit einem jetzt eher amüsierten Seitenblick auf Yasal. »Die Schwarze Bruderschaft war angeblich ein Stamm von Beduinen, der tief in der Wüste gelebt und sich der schwarzen Magie verschrieben haben soll. Es heißt, dass sie unsterblich und unverletzbar gewesen sein sollen und dass sie jedem, der mit ihnen in Berührung kam, den Tod brachten oder Schlimmeres. Natürlich ist es nur eine Legende. Aber Yasal und sein Bruder machen sich einen Spaß daraus, so zu tun, als gehörten sie dazu. Ich habe es ihnen schon ein paar Mal verboten, aber manchmal sind sie eben wie die Kinder. Ich kann es nicht ändern.« Sie seufzte.

»Heute hat es uns das Leben gerettet«, sagte Singh.

»Ja, das ist richtig.« Lady Grandersmith nickte bestätigend. »Und nun endgültig Schluss mit diesem unangenehmen Thema. Wenn ihr wollt, erzähle ich euch heute Abend die Legende der Schwarzen Bruderschaft in aller Ausführlichkeit, aber nun bin ich müde – und euch tun ein paar Stunden Schlaf sicher auch gut. Es sind Zimmer genug da, jeder kann sich eines aussuchen. Bis später dann.«

Sie ging – ein bisschen überstürzt, fand Mike – und mit ihr auch Yasal. Nach einem Augenblick stand auch Mike auf, um ins Haus zu gehen, aber Ben rief ihn noch einmal zurück.

»Warte noch«, sagte er.

Mike sah ihn fragend an. »Ja?«

»Da ist noch etwas, was ich nicht in ihrer Gegenwart tun konnte«, antwortete Ben. Zwischen seinen Augenbrauen stand eine steile Falte; ein untrügliches Zeichen dafür, dass er mehr als nur verärgert war. »Wo ist dieser räudige, einäugige Mäuseschreck?«

Wen, bitte schön, meint er mit RÄUDIG?, erklang Astaroths Stimme in Mikes Gedanken. Obwohl sie lautlos war, brachte er es trotzdem fertig, sie eindeutig drohend klingen zu lassen. Einen Moment später raschelte es zwischen den Palmwedeln hinter ihnen und Astaroth tauchte mit gesträubtem Fell und ärgerlich peitschendem Schwanz auf. Sein Auge fixierte Ben zornig.

»Da bist du ja«, sagte Ben. »Eine Frage – du kannst doch Gedanken lesen, oder?«

Du solltest deinen Freund darauf hinweisen, dass ich noch eine Menge mehr kann, sagte Astaroth mit Nachdruck. *Ich könnte ihm zeigen, wie ich mein Auge verloren habe. Oder ihm demonstrieren, wie es ist, wenn man vier Wochen lang nicht mehr sitzen kann ...*

»Was sagt er?«, erkundigte sich Ben.

»Ja«, antwortete Mike hastig. »Wenigstens ... sinngemäß.«

»Dann frag ihn jetzt Folgendes: Wenn er doch ständig in unseren Gedanken herumschnüffelt – und ich nehme an, nicht nur in unseren –, wieso zum Teufel hat er uns dann nicht gewarnt, als wir in den falschen Wagen eingestiegen sind?!«

Seinen Worten folgten einige Sekunden betroffenes Schweigen, in denen sich alle Blicke auf Astaroth richteten. Offensichtlich war Ben bisher der Einzige hier, der sich diese Frage gestellt hatte. Obwohl sie auf der Hand lag.

»Da hat er Recht«, sagte Trautman schließlich. »Also, Mike? Was sagt er?«

Mike blickte den Kater an, riss plötzlich überrascht die Augen auf und fragte: »Das ist dein Ernst?«

»Was hat er gesagt?«, fragte Trautman noch einmal.

»Er ... er hat gesagt, dass er es nicht konnte«, antwortete Mike.

»Wie bitte?« Trautman zog die Augenbrauen hoch und starrte den Kater an. Astaroth duckte sich unter seinem Blick und wirkte plötzlich so kleinlaut und niedergeschlagen wie der sprichwörtliche begossene Pudel.

»Ich fürchte, es ist die Wahrheit«, sagte Mike. »Er konnte seine Gedanken nicht lesen – weil er nicht gedacht *hat.*«

Den Abend verbrachten sie zusammen mit Lady Grandersmith, die wieder einmal die spannendsten Geschichten zu erzählen hatte. Das Einzige, worüber sie *nicht* sprach, war die *Schwarze Bruderschaft*. Mike versuchte auch nicht, das Gespräch darauf zu bringen. Keinem von ihnen war das Thema angenehm. Dass Yasal und Hasim praktisch ununterbrochen in ihrer Nähe waren, war schon schlimm genug.

Spät am Nachmittag des folgenden Tages hatten sie sich wieder auf der Terrasse versammelt – Hasim hatte sie mit ein paar Gesten dorthin gebeten und Mike hatte angenommen, dass er ihnen wieder eines seiner tatsächlich hervorragenden Festmahle vorsetzen würde. Der Tisch war jedoch nicht gedeckt, und als Lady Grandersmith als Letzte erschien, erlebten sie eine Überraschung: Statt in Kleid, Hut und Schleier, wie sie normalerweise aufzutreten pflegte, stand sie in Tropenanzug, Stiefeln und Helm vor ihnen.

»Haben Sie etwas Besonderes vor, Lady Grandersmith?«, fragte Trautman überrascht. »Ich meine, wegen Ihrer ... äh ... außergewöhnlichen Kleidung.«

»Gefällt Sie Ihnen nicht?«, fragte Lady Grandersmith lächelnd.

»Doch, doch, sicher«, antwortete Trautman hastig. »Es ist nur ... ich meine ...«

Lady Grandersmith genoss sichtlich die Verlegenheit, in die sie Trautman mit ihrer Frage gebracht hatte. Dann lachte sie und schüttelte den Kopf.

»Sie haben doch nicht etwa unsere Verabredung vergessen?«, sagte sie mit leichtem Vorwurf.

»Verabredung?«

»Die Pyramiden«, erinnerte Ben. »Wir wollten uns die großen Pyramiden ansehen.«

»Oh.« Trautman hatte es vergessen, das machte sein Blick deutlich.

Singh nicht. »Wir sollten das nicht tun«, sagte er.

»Aber wieso denn nicht?«, protestierte Chris. »Es kann doch überhaupt nichts passieren!«

»Weil mir nicht wohl dabei ist«, antwortete Singh – ein wirklich ungewöhnliches Eingeständnis für einen Mann, der normalerweise nie irgendetwas über sich erzählte; und schon gar nicht über seine Gefühle. Und nun war es bereits das zweite Mal innerhalb kurzer Zeit.

»Niemand wird uns sehen«, sagte Ben. »Du hast es doch

gehört – wir bekommen sozusagen eine Privatführung. Es wird nicht einmal jemand merken, dass wir da gewesen sind.«

»Es gefällt mir trotzdem nicht«, beharrte Singh und Trautman fügte hinzu:

»Er hat Recht. Ihre Gastfreundschaft in Ehren, Mylady, aber auch mir wäre wohler, wenn wir so schnell wie möglich –«

»Das Land verlassen?«, unterbrach ihn Lady Grandersmith.

Trautman sah drein wie ein ertappter Sünder. »Jaja, Mylady«, sagte er hastig. »Wenn ich die letzten Einkäufe getätigt habe, die wir noch brauchen –«

»Bis es so weit ist, müssen Sie aber meine Gastfreundschaft notgedrungen ertragen«, fiel ihm Lady Grandersmith ins Wort; in leicht spöttischem Ton, aber mit einem Blick, der Mike nicht gefiel. »Und Ihre jungen Freunde hier auch. Warum also wollen Sie ihnen nicht die kleine Freude bereiten und ihnen die Cheopspyramide zeigen? So oft kommen Sie doch sicher auch nicht nach Ägypten, oder?«

»Nein«, gestand Trautman.

»Außerdem ist es nicht einmal weit«, fügte Lady Grandersmith hinzu. »Mit dem Wagen keine halbe Stunde. Und wenn es Sie beruhigt – Yasal und Hasim werden uns selbstverständlich begleiten.«

Trautman sagte nichts, aber sein Blick sprach Bände, fand Mike. Wie es aussah, war es gerade das, was Trautman beunruhigte.

»Geben Sie Ihrem Herzen einen Stoß«, sagte Lady Grandersmith. »Es dauert nur ein paar Stunden, aber Sie werden sich für den Rest Ihres Lebens daran erinnern, das verspreche ich Ihnen.«

Trautman zögerte noch immer. Aber dann sah er in die Runde und begegnete den erwartungsvollen Blicken Chris', Juans, Bens und Serenas – und auch Mikes, der trotz allem natürlich darauf brannte, die Pyramiden zu sehen – und schließlich nickte er.

»Also gut. Aber wenn auch nur die kleinste Kleinigkeit schief geht oder uns jemand ein bisschen zu neugierig ansieht –«

»– verschwinden wir wie weggezaubert«, versprach Lady Grandersmith.

Alle lachten. Nur Mike blieb ernst; und, wie er nach einer Sekunde bemerkte, Singh ebenfalls. Wahrscheinlich dachten sie beide in diesem Moment an dasselbe: nämlich, dass es gerade vierundzwanzig Stunden her war, dass sie genau das mit eigenen Augen mit angesehen hatten: dass jemand wie *weggezaubert* verschwunden war ...

Wie Lady Grandersmith gesagt hatte, brachen sie gegen Abend auf und erreichten die Pyramiden erst kurz vor Einbruch der Dämmerung. Trotzdem bot sich ihnen ein großartiger Anblick, als sie aus dem Wagen stiegen, in den sie sich hineingequetscht hatten.

Die Sonne war bereits hinter dem Horizont verschwunden, aber noch war im Westen ein schmaler Streifen dunkelroter Helligkeit zu sehen, vor dem sich die drei Pyramiden als gewaltiger Schattenriss erhoben. Das rote Licht und die seltsame Stimmung, die es mit sich brachte, ließen sie noch gewaltiger und majestätischer erscheinen, als sie ohnehin waren.

Ein sonderbares Gefühl ergriff von Mike Besitz, als er aus

dem Wagen stieg und zu den mächtigen Bauwerken hinübersah. Er hatte von den Pyramiden schon unzählige Male Bilder gesehen und daher geglaubt, dass ihn der Anblick nicht sonderlich beeindrucken würde.

Das genaue Gegenteil war der Fall. Mike verspürte ein Gefühl von Ehrfurcht und er kam sich winzig und vollkommen unwichtig vor im Angesicht dieser unglaublichen, von Menschenhand erschaffenen Monumente. Er versuchte sich vorzustellen, dass diese Bauwerke mehrere tausend Jahre alt waren und dass Menschen sie erschaffen hatten, die keine modernen Maschinen kannten. All das stimmte und trotzdem erschien ihm dieses angelernte Wissen plötzlich völlig bedeutungslos. Die Pyramiden umgab etwas Großes und ungeheuer Machtvolles, das mit Worten nicht zu beschreiben war.

Und den anderen musste es wohl ganz ähnlich ergehen, denn auch sie standen fast eine Minute lang einfach nur schweigend da und blickten zu den riesigen, dreieckigen Schatten hinüber.

»Unglaublich«, flüsterte Ben schließlich.

»Ja, fantastisch«, murmelte Juan.

»Pyramidal«, sagte Chris – was vielleicht nicht ganz passend war, Mike aber ein flüchtiges Lächeln entlockte.

»Nun, hat es sich gelohnt?«, fragte Lady Grandersmith in einem so stolzen Ton, als wären die Pyramiden von Gizeh ganz allein ihre Entdeckung. »Ich habe euch nicht zu viel versprochen, oder? Das ist mit Recht eines der sieben Weltwunder!«

»So?«, fragte Serena. »Mein Vater hatte einen Sommerpalast, der viermal so groß war.«

Mike fuhr wie von der Tarantel gestochen zusammen und auch Trautman riss erschrocken die Augen auf und starrte das Mädchen an. Serena selbst schien im ersten Moment gar nicht zu begreifen, was sie gesagt hatte. Dann gab sie einen erschrockenen Laut von sich und machte eine Bewegung, als wolle sie sich selbst auf den Mund schlagen.

Eine Sekunde lang hoffte Mike, dass Lady Grandersmith die Worte vielleicht nicht gehört hatte, denn sie reagierte gar nicht darauf. Aber natürlich hatte sie alles gehört. Schließlich hatte Serena laut genug gesprochen und es war hier vollkommen still.

»Was hast du gesagt, Liebes?«, fragte Lady Grandersmith.

»Nichts«, sagte Serena hastig. Sie lächelte etwas verlegen. »Es war ... nur ein Scherz.«

Lady Grandersmith erwiderte Serenas Lächeln, aber ihre Augen blieben ernst dabei. »Er war nicht besonders komisch«, sagte sie. »Weißt du, ich finde, dass es Dinge gibt, über die man nicht scherzen sollte. Ein wenig Ehrfurcht ist manchmal angebracht.«

»Selbstverständlich, Mylady«, sagte Trautman hastig. »Serena hat es nicht so gemeint.«

»Bestimmt nicht«, versicherte Serena. »Entschuldigen Sie.«

»Schon gut.« Lady Grandersmith lächelte wieder. »Vielleicht waren meine Worte ja auch ein bisschen übertrieben. Ich bin nun mal eine sentimentale Frau, die manchmal vergisst, dass die Welt für euch Kinder noch ganz anders aussieht. Und weißt du was? Ich glaube, *dass* ihr Recht habt. Man sollte nicht alles so ernst nehmen.«

Hasim machte eine Bewegung mit dem Arm, die sein

schwarzes Gewand rascheln ließ. In der Dunkelheit sah es aus, als bewege eine riesige schwarze Fledermaus träge ihre Schwingen.

»Da kommt unser Führer«, sagte Lady Grandersmith. Sie deutete in dieselbe Richtung wie Hasim, aber es vergingen noch etliche Sekunden, bis auch Mike dort eine Bewegung wahrnahm. Lady Grandersmith schien über erstaunlich scharfe Augen zu verfügen.

Tatsächlich tauchte aus der Dunkelheit eine hoch gewachsene Gestalt auf, die mit raschen Schritten auf sie zukam. Lady Grandersmith gab ihnen mit einer Geste zu verstehen, dass sie zurückbleiben sollten, dann ging sie dem Mann entgegen. Hasim begleitete sie.

»Bist du von allen guten Geistern verlassen?«, fuhr Ben auf, als sich Lady Grandersmith und ihr Leibwächter weit genug entfernt hatten. Die Worte galten Serena, die erschrocken zusammenfuhr. »Warum erzählst du ihr nicht gleich, dass du aus Atlantis kommst und wir die Besatzung der NAUTILUS sind, die im Mittelmeer vor Anker liegt?«

»Es tut mir ja Leid!«, verteidigte sich Serena. »Ich wollte es nicht sagen. Es ... es ist mir einfach so herausgerutscht. Und außerdem ist es die Wahrheit«, fügte sie in leicht trotzigem Ton hinzu.

»Was?«, fragte Ben.

»Dass mein Vater einen größeren Sommerpalast hatte«, antwortete Serena. »Wenn das da schon das größte Wunder eurer Welt ist, möchte ich die kleineren gar nicht sehen.«

»Immerhin haben *wir* es bisher noch nicht geschafft, uns

selbst auszurotten«, antwortete Ben. »Und so ganz nebenbei – wenn es uns primitive Halbaffen nicht gäbe, würdest du jetzt noch in deinem Glassarg auf dem Meeresboden liegen und Schneewittchen spielen.«

»*Primitiv* habe ich nicht gesagt«, erwiderte Serena spitz. »Und außerdem –«

»Schluss!«, sagte Trautman scharf. »Sie kommen zurück.«

Serena und Ben wechselten noch ein paar zornige Blicke, hielten aber gehorsam den Mund. Lady Grandersmith war mittlerweile wieder in Hörweite. Mike drehte sich zu ihr herum – und erlebte eine weitere, nicht besonders angenehme Überraschung.

Lady Grandersmith und Hasim waren nicht allein. Ihr Führer kam mit ihnen – aber im ersten Moment war Mike nicht sicher, wer wer war. Der andere Mann glich Hasim nämlich aufs Haar – genauer gesagt, bis auf die letzte Faser seines schwarzen Kaftans. Die beiden waren vollkommen identisch gekleidet, gleich groß, von der gleichen Statur und sie bewegten sich sogar im selben Rhythmus.

»Hoppla«, sagte Ben. »Wer ist das? Der Dritte im Bunde?«

Lady Grandersmith lachte leise. »Ich hätte es anders ausgedrückt, aber du hast Recht. Hasim und Yasal gehören zum selben Stamm wie er. Deshalb war es auch so einfach für mich, diese Privatführung für euch zu organisieren.«

»Gibt's davon noch mehr?«, fragte Ben.

Diesmal lachte Lady Grandersmith nicht. »Ja«, antwortete sie ernst. »Und du solltest deine Zunge ein bisschen hüten, junger Mann. Sie sprechen zwar unsere Sprache nicht, aber ich kann dir versichern, dass sie sie ausgezeichnet verstehen. Und sie sind ein sehr stolzes Volk.«

»Sie?«, fragte Ben.

»Al Achawwiya al sauda'«, antwortete Lady Grandersmith. »Das wolltest du doch hören, oder?«

Ben war klug genug, nicht darauf zu antworten. Lady Grandersmiths Stimme war sehr scharf gewesen. Ihre anfangs so gute Stimmung war ohnehin schon fast verflogen und Lady Grandersmiths Antwort auf Bens nicht besonders höfliche Frage hatte noch ein Übriges dazugetan.

Natürlich ist sie nicht ernst gemeint, dachte Mike. Ganz bestimmt nicht. Nein, auf gar keinen Fall. Al Achawwiya al sauda' war nichts als eine Legende. Basta. Auch wenn Yasal, Hasim und dieser dritte unheimliche Mann in Schwarz ganz genau so aussahen, wie er sich jemanden vorgestellt hätte, der sich den dunklen Mächten und dem Teufel verschrieben hatte ...

Sie setzten ihren Weg sehr schweigsam fort und die sonderbare Stimmung, die er bei ihrer Ankunft verspürt hatte, ergriff allmählich wieder Besitz von ihm. Vielleicht lag es tatsächlich an der Nähe der Pyramiden. Mike war nicht abergläubisch, aber hier spürte er, dass es wohl wirklich so etwas wie heilige Orte gab, und dieser hier gehörte eindeutig dazu.

Plötzlich stockte Serena mitten im Schritt. »Was ist denn *das*?«, hauchte sie.

Mikes Blick folgte dem ihrer ungläubig aufgerissenen Augen. Nicht weit vor ihnen erhob sich eine kolossale Steinfigur auf einem riesigen Sockel. In der mittlerweile hereingebrochenen

Nacht war sie nicht mehr als ein schwarzer Umriss vor einem nicht ganz so schwarzen Hintergrund, aber Mike wusste natürlich trotzdem sofort, worum es sich handelte.

»Die Sphinx«, sagte er.

»Sie ist zu groß«, antwortete Serena. Diese Antwort verwirrte Mike, während sie Lady Grandersmith wieder einmal zu einem amüsierten Lachen Anlass gab.

»Natürlich ist sie so groß«, sagte sie. »Schließlich ist es nur eine Sagengestalt. Sie bewacht die Pyramiden, weißt du?«

Mike konnte regelrecht sehen, wie Serena zu einer Antwort ansetzte und sich dann im letzten Moment zusammenriss. Schweigend gingen sie weiter, aber während sie die Sphinx passierten, hing Serenas Blick weiter wie gebannt an der gigantischen Figur.

»Und sie ist zu groß«, sagte sie – diesmal aber wohlweislich so leise, dass nur Mike die Worte hören konnte.

»Wie meinst du das?«, fragte er ebenso leise. »Woher willst du wissen, wie groß eine Sphinx ist? Niemand hat sie je gesehen.«

»Doch«, antwortete Serena ernst. »Ich. Zwei davon haben den Palast meines Vaters bewacht.«

»Wie bitte?«, keuchte Mike. »Du willst sagen, dass –«

Er bemerkte sofort, dass er zu laut gesprochen hatte und Lady Grandersmith ihm und Serena einen schiefen Blick zuwarf. So schluckte er den Rest seiner Frage hinunter. Aber er nahm sich fest vor, bei der ersten sich bietenden Gelegenheit wieder darauf zurückzukommen. Offensichtlich gab es noch eine Menge, was Serena ihm und den anderen über ihre Welt nicht erzählt hatte.

Als sie am Fuß der großen Pyramide angekommen waren, blieb Lady Grandersmith stehen und wechselte einige kurze Worte in einer fremden Sprache mit ihrem Führer, worauf dieser nickte und mit raschen Schritten in der Dunkelheit verschwand. Mike registrierte mit Überraschung, dass die Worte nicht im Geringsten nach Arabisch geklungen hatten.

»Er holt nur eine Lampe«, sagte Lady Grandersmith und warf einen prüfenden Blick in die Runde, wobei sie vor allem Serena besonders aufmerksam musterte. »Ihr habt alle festes Schuhwerk angezogen, hoffe ich doch?«

Darum hatte sie sie eigens gebeten, bevor sie losgefahren waren. Alle nickten, aber Ben konnte sich nicht verkneifen, zu fragen: »Wozu eigentlich? Ich dachte, wir gehen hinein.« Er deutete mit einer weit ausholenden Geste auf die Pyramide.

»Das tun wir auch, junger Mann«, antwortete Lady Grandersmith. »Aber ein bisschen klettern müssen wir schon. Der Eingang liegt leider nicht ebenerdig, sondern ein Stück darüber.«

Bens Gesicht verdüsterte sich und auch Mike war über die Aussicht, an der Pyramide hinaufzuklettern, alles andere als begeistert. Auch wenn die übereinander liegenden Blöcke so etwas wie eine Treppe bildeten, so doch eine mit sehr hohen Stufen. Auch nur ein kleines Stück darauf emporzusteigen würde zu einer ziemlichen Anstrengung werden.

Trautmans Gedanken schienen wohl ganz ähnlich zu sein, denn er sagte: »Sind Sie sicher, dass das notwendig ist, Lady

Grandersmith? Ich meine, es ist bereits dunkel und so eine Kletterpartie ist nicht ungefährlich ...«

»Aber Mister Trautman!«, sagte Lady Grandersmith kopfschüttelnd. Ihre Stimme klang spöttisch. »Sie wollen mir doch nicht erzählen, dass Sie und die Kinder auf Ihren Reisen nicht schon Schlimmeres geschafft haben?«

Trautman blinzelte. Das war nun die direkteste Anspielung, die Lady Grandersmith machte; eigentlich schon eine fast unverblümte Frage. Mike fragte sich, wie viel Lady Grandersmith eigentlich über sie wusste – und ob sie wirklich die harmlose Dame war, für die sie sie alle bisher gehalten hatten. Er wünschte sich, sie hätten Astaroth mitgenommen, aber leider hatte Trautman darauf bestanden, dass der Kater im Haus zurückblieb.

»Außerdem lohnt sich die kleine Mühe«, fuhr Lady Grandersmith fort, als Trautman nicht antwortete. »Sie werden etwas zu sehen bekommen, von dessen Existenz die normalen Touristen nicht einmal etwas ahnen.«

»Und was?«

Lady Grandersmith lachte. »Warten Sie's ab. Ich verspreche Ihnen, dass Sie nicht enttäuscht sein werden.«

Trautman blickte weiterhin misstrauisch, aber er sagte nichts mehr, sondern fasste sich in Geduld, bis ihr Führer zurückkam. Er brachte drei Petroleumlampen mit, die jedoch noch nicht brannten. Lady Grandersmith winkte auffordernd und begann als Erste die hohen Steinquader hinaufzuklettern und langsam folgten ihr die anderen.

Es war ein unheimliches Gefühl, in fast vollkommener Dunkelheit an der Außenseite der Pyramide hinaufzuklettern; umso mehr, als sie kaum sahen, wohin sie traten. Der Himmel war zwar wolkenlos, aber es war beinahe Neumond, sodass die Pyramide wie ein riesiger gemauerter Berg über ihnen emporzuragen schien, dessen Gipfel schon nicht mehr zu sehen war. Und auch der Boden verschwand in endlosem Schwarz, kaum dass sie vier oder fünf der Blöcke erklommen hatten.

Nach weiteren zehn Stufen hörte Mike auf sie zu zählen, aber es ging noch ein gutes Stück weiter nach oben, bis Lady Grandersmith endlich anhielt und mit sichtlicher Ungeduld darauf wartete, dass Mike und die anderen zu ihr aufschlossen. Mikes Herz jagte von der Anstrengung und seine Hände und Knie zitterten leicht. Mittlerweile fand er ihren nächtlichen Ausflug gar nicht mehr aufregend, sondern eher unheimlich und wahrscheinlich wirklich so gefährlich, wie Trautman vorhergesagt hatte.

»Na, habt ihr noch Puste?«, fragte Lady Grandersmith fröhlich.

»Das schon«, antwortete Trautman. »Aber wohin führen Sie uns eigentlich? Soviel ich weiß, liegt der Eingang zum Inneren der Pyramide auf der anderen Seite.«

»Das stimmt«, antwortete Lady Grandersmith. »Aber wir nehmen nicht den offiziellen Eingang.«

»Gibt es denn noch einen?«, fragte Juan verblüfft.

»Lasst euch überraschen«, sagte Lady Grandersmith. »Es ist jetzt nicht mehr weit.«

Mike und Juan tauschten einen erstaunten Blick. Einen *zweiten Eingang* in die Cheopspyramide? Das war schier unglaublich! So viele Forscher hatten versucht, das Geheimnis dieses Riesenbauwerkes zu entschlüsseln, und bisher hatte man nichts entdeckt als einen einzigen, kahlen Gang, der in eine beinahe leere Kammer führte; eine Kammer noch dazu, von der längst nicht alle Wissenschaftler überzeugt waren, dass es sich tatsächlich um die echte Grabkammer des Pharaos handelte. Schlagartig vergaß er sämtliche Vorbehalte und auch seine Erschöpfung. Vielleicht standen sie kurz vor einer Entdeckung, die auf ihre Weise ebenso fantastisch war wie die, die sie damals auf Kapitän Nemos Vergessener Insel gemacht hatten.

Der Weg war tatsächlich nicht mehr sehr weit. Sie balancierten hintereinander vielleicht noch fünfzehn oder zwanzig Meter auf der schmalen Steinstufe entlang, bis ihr Führer stehen blieb. Mike konnte nicht genau erkennen, was er tat, aber dann ertönte ein Knirschen, als scharre Stein über Stein. Und jetzt zündete Lady Grandersmith auch endlich die Lampen an. Zwei davon reichte sie an Trautman und Singh weiter, die dritte behielt sie selbst in der Hand und hob sie ein wenig in die Höhe.

Was in dem flackernden gelben Licht zum Vorschein kam, das verschlug Mike schier den Atem.

Ihr Führer war verschwunden. Wo er gestanden hatte, gähnte ein gut anderthalb Meter hohes, rechteckiges Loch in der scheinbar so massiven Wand der Pyramide. Dahinter war ein schmaler, schräg in die Tiefe führender Gang zu erkennen, der sich jedoch nach wenigen Metern in vollkommener Schwärze verlor.

Trautman sog ungläubig die Luft ein. »Aber das ist doch –«

»Habe ich zu viel versprochen?«, fragte Lady Grandersmith stolz. »Kommen Sie. Das Beste erwartet uns noch!«

Sie trat gebückt durch den Eingang, wobei sie ungeduldig mit der freien Hand wedelte, ihr zu folgen. Trautman zögerte sichtlich, doch schließlich gewann die Neugier. Er folgte Lady Grandersmith und Mike und die anderen schlossen sich an. Mike bemerkte, dass Hasim den Abschluss der kleinen Gruppe bildete. Er maß dieser Beobachtung zwar keine besondere Bedeutung zu, aber sie gefiel ihm auch nicht.

Der Gang war so schmal, dass sie nur hintereinander gehen konnten und Trautmans breite Schultern die Wände an beiden Seiten streiften. Der Boden fiel in steilem Winkel ab, sodass Mike instinktiv die Arme ausstreckte und sich an den groben Steinwänden festhielt, um die Balance zu halten, und manchmal senkte sich die Decke, sodass er sich bücken musste, um darunter durchzukommen. Wie Boden und Wände bestand auch die Decke aus den gleichen, gewaltigen Steinquadern, aus denen die gesamte Pyramide errichtet worden war, und einige davon hatten sich offensichtlich gelockert. Einmal mussten sie über einen heruntergestürzten Steinquader klettern, der den Stollen fast völlig ausfüllte. Vielleicht, dachte Mike mit einem unguten Gefühl, ist diese Pyramide gar nicht so massiv, wie allgemein angenommen wird ...

»Wohin führt dieser Gang?«, drang Trautmans Stimme aus der Dunkelheit vor ihnen zu ihm.

Lady Grandersmith antwortete: »Nicht zur Schatzkammer, wenn Sie das erwarten, Mister Trautman. Aber vielleicht zu etwas, was noch viel wertvoller ist.«

Trautman seufzte, ersparte es sich aber, eine weitere Frage zu stellen. Schweigend gingen sie weiter.

Sie mussten längst nicht nur den Boden wieder erreicht

haben, sondern sich bereits tief unter dem Fundament der Pyramide befinden, bevor es vor Mike endlich wieder hell wurde: Trautman, Singh und Lady Grandersmith hatten angehalten und hielten die Lampen hoch. Mike atmete unwillkürlich auf.

Dabei machte er eine erstaunliche Entdeckung. Die Luft in dem schmalen, vielleicht seit Jahrtausenden verschlossen gewesenen Gang war sehr schlecht; so trocken und bitter, dass er ununterbrochen das Gefühl hatte, husten zu müssen. Jetzt aber wurde sie mit einem Male besser. Es war kühler geworden und es roch ... *feucht*.

Er ging schneller, erreichte endlich das Ende des schmalen Schachtes und blieb überrascht stehen.

Sie befanden sich in einer großen, sicherlich zwanzig Meter hohen und vielleicht fünf- oder sechsmal so breiten, ovalen Höhe. So weit das Licht der drei Petroleumlampen reichte, bestanden die Wände hier nicht mehr aus steinernen Quadern, sondern aus gewachsenem Felsgestein, das nur hier und da künstlich geglättet worden war. Auf den so entstandenen, zumeist rechteckigen Flächen waren kunstvolle Reliefs herausgemeißelt worden, die noch deutliche Spuren von Bemalung aufwiesen. Sie stellten Szenen aus dem Leben des alten Ägypten dar, wie Mike sie aus Büchern und gelegentlichen Museumsbesuchen kannte.

»Großer Gott!«, flüsterte Juan. »Was ist das?«

»Ich fürchte, das weiß niemand«, antwortete Lady Grandersmith leise. Ihre Stimme hatte einen sonderbaren, lang nachhallenden Klang, der Mike verriet, dass die Höhle wahrscheinlich wesentlich größer war, als sie im Schein der drei Lampen erkennen konnten. »Aber ich habe eine Theorie. Kommt mit!«

Sie hob ihre Lampe und ging langsam weiter. Mike und die anderen folgten ihr. Mike sah sich mit heftig klopfendem Herzen um. Er entdeckte weitere Reliefarbeiten. Hier und da waren Nischen in die Wände gehauen, die zwar allesamt leer waren, in denen sich aber früher sicherlich irgendetwas befunden hatte. Vielleicht goldene Statuen?, dachte er. Vielleicht täuschte sich Lady Grandersmith ja und dies war tatsächlich einmal die sagenumwobene Schatzkammer der Cheopspyramide gewesen. Aber wenn, wohin waren dann all die Kostbarkeiten verschwunden? Eines dieser Reliefs erweckte Mikes besondere Aufmerksamkeit. Es passte nicht so recht zwischen die anderen, auch wenn es sichtlich mindestens genauso alt war. Es stellte einen Kreis dar, von dessen Rändern dünne, gezackte Linien nach außen liefen, wie eine krakelig gemalte Sonnenscheibe. In seinem Zentrum war ein wirres Durcheinander von Linien, Strichen und dünnen Umrissen, die auf eine fast unheimliche Weise ineinander zu fließen schienen, fast als *bewegten* sie sich. Mike blieb nicht stehen, um das Bild näher zu betrachten, aber er hatte das Gefühl, es schon einmal gesehen zu haben. Aber wo?

Sie gingen etwa zwanzig Meter weit, ehe Lady Grandersmith wieder stehen blieb und auf etwas deutete, was Mike im ersten Moment vorkam wie ein Haufen alter Lumpen, der am Boden lag.

»Was ist das?«, fragte Trautman. Er wollte sich vorbeugen, aber Lady Grandersmith fiel ihm mit einer fast erschrockenen Bewegung in den Arm.

»Nicht anfassen!«, sagte sie. »Es ist sehr empfindlich. Als ich das erste Mal hier war, hätte ich es fast zerstört. Seien Sie vorsichtig – bitte.«

Trautman trat gehorsam wieder einen halben Schritt zurück und ließ sich dann in die Hocke sinken, um den sonderbaren Fund zu begutachten. Die anderen versammelten sich um ihn herum und blickten ebenfalls neugierig auf das herab, was da im flackernden gelben Licht der Lampen vor ihnen lag.

Trotzdem dauerte es noch eine geraume Weile, bis Mike wirklich begriff, was er da sah. Er fuhr erschrocken zusammen. »Das ... das ist eine ... eine *Mumie*!«

»Igitt!«, sagte Chris – und beugte sich aufgeregt noch weiter vor.

Trautman nickte. »Du hast Recht. Es ist eine Mumie – oder das, was davon noch übrig ist.« Er sah zu Lady Grandersmith und ihren beiden schweigsamen Begleitern hoch. »Aber was bedeutet das? Sie haben ihre Toten doch nicht einfach irgendwo hingelegt und dann vergessen. Wo ist der Sarkophag und ...« Er brach ab. Seine Augen wurden rund vor Erstaunen.

»Aber das kann doch nicht sein!«, flüsterte er.

»Was kann nicht sein?«, fragte Ben. Trautman ignorierte ihn. Er starrte weiter abwechselnd Lady Grandersmith und die halb zerfallene Mumie am Boden an.

»Wenn Sie dasselbe denken, was ich denke, glaube ich, dass wir beide Recht haben könnten«, sagte Lady Grandersmith. »Man hat den Sarkophag des Pharaos nie gefunden. Die Grabkammer war leer. Aber ich glaube, ich weiß, warum.«

»Wie bitte?«, fragte Mike ungläubig. »Sie ... Sie meinen, *das hier* –«

»– ist die wirkliche Grabkammer, ja«, fiel ihm Lady Grandersmith ins Wort. »Es war damals ein beliebter Trick. Die Pharaonen hatten vor nichts so viel Angst wie vor Grabräubern. Deshalb legten sie falsche Spuren. Gänge, die im Nichts endeten oder auch in tödlichen Fallen, leere Grabkammern – manchmal sogar kleinere Gräber, in denen sich tatsächlich einige Kostbarkeiten befanden, in der Hoffnung, dass die Räuber sich damit zufrieden geben und abziehen würden, ohne den wirklichen Schatz zu finden. Ich vermute, dass das, was man für die Grabkammer hält, eine solche falsche Spur ist.«

»Aber dann ... dann wäre das hier ja ... der Pharao!«, murmelte Juan ungläubig.

»Und wo ist der Sarkophag? Und all die Schätze, die man Cheops angeblich mitgegeben hat?«, fragte Chris.

»Gestohlen«, sagte Lady Grandersmith traurig. »Alles hat am Ende nichts genutzt. Sie haben den Zugang doch gefunden und alles mitgenommen – bis hin zu dem goldenen Sarkophag, in dem er bestattet wurde.«

»Und den Toten haben sie einfach so hingeworfen und liegen gelassen?«, fragte Serena erschüttert.

»So sind Menschen nun oft einmal«, antwortete Lady Grandersmith.

»Denk mal an das, was *uns* gestern beinahe passiert wäre«, fügte Ben düster hinzu. Serena sah sehr betroffen drein, aber sie sagte nichts mehr.

»Das ist unglaublich!«, flüsterte Trautman. »Wenn das wahr

ist ... wissen Sie eigentlich, welch ungeheure Entdeckung Sie hier gemacht haben, Lady Grandersmith? Sie müssen es der Wissenschaft sagen. Das ist –«

»*Ich* habe diese Entdeckung nicht gemacht, Mister Trautman«, unterbrach ihn Lady Grandersmith. »Es waren Yasal und Hasim, die mich hergebracht haben. Ihr Volk hütet dieses Geheimnis seit Jahrhunderten – und ich muss Sie um ihr Ehrenwort bitten, es auch weiter zu hüten. Niemand darf davon erfahren.«

»Aber warum denn nicht?«, fragte Ben. »Hier gibt es doch nichts mehr, was noch gestohlen oder zerstört werden könnte!«

»Du irrst dich«, sagte Lady Grandersmith. »Ich will es euch zeigen. Kommt.«

Sie hob ihre Lampe und ging weiter.

Mike hatte sich gründlich verschätzt, was die Größe der Höhle anging. Sie entfernten sich sicher hundert Meter oder mehr von der Mumie, ohne dass in der Dunkelheit vor ihnen eine Mauer aufgetaucht wäre, und ihre Schritte riefen noch immer dieses lang anhaltende, unheimliche Echo hervor. Dafür wurde es merklich kühler. Schließlich erreichten sie das gegenüberliegende Ende der Höhle. Allerdings sah es vollkommen anders aus, als Mike erwartet hatte.

Es bestand nicht aus Fels oder einer Wand aus riesigen Quadern.

Vor ihnen lag ein riesiger, unterirdischer See.

»Unglaublich!«, flüsterte Trautman. Seine Stimme zitterte vor Erregung. »Das ist ... fantastisch.« Er hob seine Lampe hoch über den Kopf, aber so weit das Licht auch reichte, es war kein

Ende der schimmernden Wasserfläche zu erkennen. »Das muss ein unterirdischer Seitenarm des Nil sein!«

»Sie täuschen sich«, sagte Lady Grandersmith. »Das hier ist kein unterirdischer Fluss.«

»Aber was dann?«, fragte Chris verwundert.

»Das wirkliche Geheimnis der Cheopspyramide«, antwortete Lady Grandersmith, »das der Pharao für alle Zeiten mit in sein Grab genommen hat. Vielleicht der größte Schatz, den dieses Land besitzt.«

»Schatz?«, fragte Serena. »Aber es doch nur *Wasser.*«

Lady Grandersmith lächelte milde. »Was du *nur* Wasser nennst, ist für die Menschen hier wertvoller als Gold«, sagte sie. »Was ihr hier seht, ist bloß ein kleiner Teil davon. Hier war nicht immer Wüste. Einst gab es in diesen Gebieten blühende Wälder und Wasser in Hülle und Fülle. Aber die Wälder verschwanden und das Wasser zog sich zurück. Die Menschen glauben, es wäre ganz verschwunden, aber das stimmt nicht. Es ist noch da. Hier unten. Ein gewaltiger See, direkt unter Ägypten.«

Trautman runzelte die Stirn, ging in die Knie und tauchte die Hand ins Wasser. Er leckte vorsichtig an seinen Fingerspitzen und zog dann überrascht die Brauen zusammen. »Das ist Süßwasser«, sagte er.

Lady Grandersmith nickte. »Ja, unvorstellbare Mengen davon. Es speist die Oasen und Brunnen, die dieses Land hat, seit Jahrtausenden und es wird dies für weitere Jahrtausende zuverlässig tun. *Das* ist das wahre Geheimnis der Pharaonen. Der Grund ihres Reichtums. Sie wussten, wo das Wasser zu finden war.«

»Und haben dieses Wissen für sich behalten?«, fragte Ben.

»Warum? Sie hätten aus dieser Wüste wieder ein Paradies machen können!«

»Sicher«, stimmte ihm Lady Grandersmith zu. »Aber für wie lange, Ben? Dieser See ist gewaltig, aber er ist nicht unerschöpflich. Die Menschen neigen leider dazu, nur an sich zu denken, nicht an die, die vielleicht nach ihnen kommen. Wüsste man um die Existenz dieses Sees, dann würden sie anfangen, ihn rücksichtslos auszubeuten. Sie würden Brunnen bohren; überall. Hunderte, tausende, vielleicht zehntausende. Und für vielleicht hundert Jahre, vielleicht auch nur zwanzig oder dreißig würde die Wüste tatsächlich wieder zu einem blühenden Garten. Und dann? Irgendwann wäre das Wasser erschöpft und das Land würde endgültig sterben. Nein, glaub mir – es ist schon gut so, wie es ist. Dieses Geheimnis darf niemals bekannt werden.«

Für eine Weile wurde es sehr still und dann sagte Trautman leise: »Das ist ... fantastisch, Lady Grandersmith. Einfach unvorstellbar. Aber gestatten Sie mir eine Frage?«

»Natürlich.«

»Wenn dieses Geheimnis tatsächlich so groß ist und seit Jahrtausenden so gut gehütet wird – wieso haben Sie uns dann hierher gebracht?«

Lady Grandersmith lächelte. »Ich dachte schon, Sie stellen diese Frage nie, Mister Trautman. Ich beantworte Sie Ihnen gerne. Ich brauche Sie.«

»Mich?«

»Euch alle«, verbesserte sich Lady Grandersmith. »Und euer Schiff.« Sie deutete auf das Wasser. »Dieser See hat eine unterirdische Verbindung zum Ozean. Es gibt etwas, was hierher gebracht werden muss. Sehr schnell und unbemerkt.«

»Was?«, wollte Mike wissen.

»Das kann ich euch nicht sagen«, antwortete Lady Grandersmith. »Noch nicht. Aber der einzige Weg, es schnell genug hierher zu bringen und ohne Aufsehen zu erregen, ist der über das Wasser.«

»Aber wie kommen Sie auf die Idee, dass wir Ihnen dabei helfen könnten?«, fragte Trautman misstrauisch.

Lady Grandersmith schüttelte tadelnd den Kopf. »Aber Mister Trautman, ich bitte Sie! Nach allem, was ich Ihnen gezeigt habe, sollten auch Sie ehrlich zu mir sein.«

»Ich verstehe nicht, was Sie meinen«, antwortete Trautman. Er klang plötzlich sehr nervös.

»Tatsächlich nicht? Nun, der einzige Weg, hierher zu kommen, ohne dass die Menschen oben es bemerken, führt über diesen Fluss. Und Sie, mein lieber Trautman und Ihre jungen Freunde hier, besitzen das einzige Schiff auf dieser Welt, das diesen Weg nehmen kann.«

»Von welchem Schiff reden Sie?«, fragte Trautman jetzt nicht mehr nervös, sondern regelrecht entsetzt.

»Von der NAUTILUS natürlich«, antwortete Lady Grandersmith. »Wovon denn sonst?«

Mike konnte sich kaum daran erinnern, wie sie die Pyramide verlassen hatten; geschweige denn an den Rückweg. Von der Faszination, mit der sie der verborgene Zugang zu der Pyramide und deren uraltes Geheimnis erfüllt hatte, war nichts mehr geblieben. Lady Grandersmiths Eröffnung hatte ihnen allen einen regelrechten Schock versetzt – er begriff einfach nicht, wie er sich derartig in der vermeintlich harmlosen, freundlichen Lady hatte täuschen können.

Sie waren in dem großen Kaminzimmer der Villa zusammengekommen. Yasal hatte Tee und Gebäck serviert, das jedoch keiner von ihnen auch nur angerührt hatte, obwohl es wirklich verlockend duftete. Aber ihnen war nicht nach Essen zumute.

»Nun, Mister Trautman«, begann Lady Grandersmith, nachdem sie eine geraume Weile vergeblich darauf gewartet hatte, dass ihre Gäste den Imbiss zu sich nahmen, und ihre Gäste umgekehrt, dass Yasal und Hasim gingen. »Ich denke, Sie hatten jetzt hinlänglich Zeit, über meine Worte nachzudenken. Ich möchte nicht unhöflich sein und drängen, aber uns bleibt nicht mehr sehr viel Zeit. Und es gibt eine Menge Vorbereitungen zu treffen, wenn Sie verstehen, was ich meine.«

Trautman warf einen Hilfe suchenden Blick in die Runde und zögerte einige Sekunden, ehe er endlich antwortete: »Ich fürchte, ich verstehe immer noch nicht so ganz, was ... was Sie überhaupt von uns erwarten, Mylady.«

Lady Grandersmith seufzte. »Mister Trautman, ich bitte Sie«, sagte sie. »Vorhin in der Pyramide habe ich Ihre Reaktion ja noch verstanden, aber ich habe Ihnen nun wirklich genug Zeit gelassen, oder?«

»Aber Zeit, wozu denn?«, fragte Trautman. »Ich verstehe überhaupt nicht, wovon Sie reden!«

»Davon, dass ich Ihre Hilfe brauche«, antwortete Lady Grandersmith geduldig. »Die und die Ihrer jungen Freunde hier und vor allem die Ihres Schiffes.«

»Ich fürchte, hier liegt ein großes Missverständnis vor, Mylady«, sagte Trautman. »Wir sind nichts als –«

»– die komplette Besatzung der NAUTILUS«, fiel ihm Lady Grandersmith ins Wort. Sie klang jetzt hörbar ungeduldig und auch verärgert. »Und *Sie* sind es, der einem Irrtum erliegt, Kapitän Trautman. Ich verstehe Ihre Vorsicht und auch ihr Misstrauen. Aber ich bin nicht Ihre Feindin. Ganz im Gegenteil.«

»Haben Sie deshalb versucht, uns entführen zu lassen?«, fragte Mike.

Lady Grandersmith sah ihn einen Augenblick lang durchdringend an, ehe ein leichtes, aber ehrlich wirkendes Lächeln auf ihren Lippen erschien. »Ah, Prinz Dakkar«, sagte sie. »So scharfsinnig und klug wie dein Vater, wie ich sehe.« Sie deutete auf Trautman. »Warum sprichst du nicht mit deinem Freund und versuchst ihn zur Vernunft zu bringen?«

»Wie haben Sie mich genannt?«, fragte Mike. Er hatte alle Mühe, sich seinen Schrecken nicht zu deutlich anmerken zu lassen. Es war lange her, dass ihn jemand mit diesem Namen angeredet hatte – obwohl es sowohl sein richtiger Name als auch sein korrekter Titel war. Aber bis zu dieser Sekunde war er der festen Überzeugung gewesen, dass es auf der ganzen Welt nur sieben Menschen gab, die das wussten, ihn eingeschlossen.

Lady Grandersmith seufzte erneut. »Also gut«, sagte sie. »Wenn ihr unbedingt darauf besteht, ein Spiel zu spielen ... Ich weiß durchaus, wer du bist, junger Mann. Du bist Prinz Dakkar, der einzige Sohn einer englischen Lady und eines indischen

Adeligen, der allerdings weitaus besser unter dem Namen Kapitän Nemo bekannt ist – und nach seinem Tod nicht nur der Erbe seines bedeutenden Vermögens, sondern auch seines Schiffes.«

»Interessant«, sagte Mike. »Von welchem Schiff reden Sie?«

Lady Grandersmith ignorierte die Frage und deutete nacheinander auf Ben, Juan und Chris. »Du bist zusammen mit deinen drei Freunden hier vor gut drei Jahren aus England verschwunden. Alle Welt glaubt, ihr wärt bei einem Schiffsunglück ertrunken, aber das war nur vorgetäuscht, nicht wahr? In Wahrheit seid ihr zusammen mit zwei weiteren Jungen zu einer Karibikinsel gefahren, die auf keiner Karte zu finden ist; einem jungen Deutschen, dem Sohn eines Kapitäns der Kriegsmarine, und einem Franzosen. Dort habt ihr die von aller Welt untergegangen geglaubte NAUTILUS gefunden und mit Hilfe Kapitän Trautmans wieder seetüchtig gemacht. Seither befahrt ihr damit die Weltmeere und seid abwechselnd auf der Flucht vor der deutschen und der englischen Kriegsmarine – nebst einigen anderen unerfreulichen Zeitgenossen, die sich zu gerne das Geheimnis der NAUTILUS aneignen würden.«

Trautman war kreidebleich geworden und auch Mike spürte, wie ihm das Blut aus dem Gesicht wich. Keiner von ihnen sagte auch nur ein Wort.

»Soll ich noch mehr erzählen?«, fragte Lady Grandersmith. Als niemand antwortete, fuhr sie fort: »Euer Freund André ist von einer Expedition auf den Meeresgrund nicht zurückgekehrt; Kapitän Winterfelds Sohn Paul kam im vergangenen Herbst ums Leben; ebenso wie sein Vater, der versuchte, sich die NAUTILUS anzueignen, um mit ihrer Hilfe eine neue Eiszeit heraufzubeschwören. Ihr seht also, ich bin gut informiert.«

Sie schwieg einen Moment, währenddem ihr Blick durchdringend auf Serena ruhte. »Nur wer du bist, junge Dame, weiß ich nicht genau. Jedenfalls wusste ich es bis jetzt nicht. Aber seit heute Abend habe ich da gewisse ... Vermutungen. Der Palast deines Vaters war tatsächlich viermal so groß wie die Pyramiden von Gizeh, sagst du? Das ist beeindruckend.«

»Lady Grandersmith«, sagte Trautman scharf. »Das ist die fantastischste Geschichte, die ich jemals gehört habe, aber ich versichere Ihnen, dass wir nicht die geringste Ahnung haben –«

»Aber, aber«, unterbrach ihn Lady Grandersmith kopfschüttelnd. »Ein Mann sollte begreifen, wann er verloren hat, Mister Trautman – oder sollte ich besser sagen *Herr* Trautman?«

»Wie?«, fragte Ben überrascht.

Trautman sah betroffen drein, antwortete aber nicht. An seiner Stelle tat es Lady Grandersmith.

»Um genau zu sein, *Korvettenkapitän Alfons Trautman*«, sagte sie. »Ehemals Offizier der Deutschen Kriegsmarine, bis er sich auf Kapitän Nemos Seite schlug und zu seinem besten und treuesten Verbündeten wurde. Ich habe nie herausgefunden, warum Sie damals Ihren Eid gebrochen haben und Pirat wurden, aber ich nehme an, Sie hatten Ihre Gründe.«

»Kapitän Nemo war kein Pirat!«, protestierte Mike.

»Nein, natürlich nicht«, sagte Trautman. »Weil es ihn nie gegeben hat. Ebenso wenig wie die NAUTILUS. Sie ist nichts als eine Legende.«

Lady Grandersmith machte sich nicht die Mühe, darauf einzugehen. »Ich beobachte Sie und diese tapferen Kinder hier seit dem Tag, an dem Sie die NAUTILUS wieder flottgemacht haben«, sprach sie weiter. »Ich weiß nicht alles über Sie, aber doch das meiste. Ich hätte schon eher Kontakt mit Ihnen aufgenommen, aber es ist nicht leicht, Sie zu finden. Immerhin versucht es praktisch die gesamte zivilisierte Welt seit drei Jahren. Übrigens mein Kompliment – wie Sie aus der Falle vor der schottischen Küste entkommen sind, das war eine nautische Meisterleistung, die Ihnen so schnell keiner nachmacht.«

»Sie haben die ganze Zeit über *gewusst*, dass es die NAUTILUS gibt?«, fragte Mike überrascht.

»Oh, schon lange vorher. Ich wusste auch von deinem Vater und habe versucht in Verbindung mit ihm zu treten, aber es ist mir leider nicht gelungen.«

»Warum?«, fragte Trautman. Er hatte es offensichtlich aufgegeben zu leugnen.

»Weil ich Ihre Hilfe brauche«, antwortete Lady Grandersmith. »Sagte ich das nicht? Es gibt etwas, was getan werden muss. Etwas von unglaublicher Wichtigkeit, auch wenn ich Ihnen im Moment noch nicht sagen kann, was es ist. Und die NAUTILUS ist das einzige Schiff auf der Welt, das dazu in der Lage ist.«

»Uns zu entführen und fast umzubringen ist nicht unbedingt der richtige Weg, um uns um unsere Hilfe zu bitten«, sagte Juan.

Lady Grandersmith sah plötzlich ein bisschen verlegen drein. Sie warf einen raschen Blick zu der schwarz verhüllten Gestalt neben sich, ehe sie antwortete. »Damit hast du wahrscheinlich sogar Recht, mein Junge. Ich habe Yasal und Hasim gesagt, dass es der falsche Weg ist, aber sie sind ... sagen wir, manchmal etwas eigen in der Wahl ihrer Mittel. Und es fällt mir oft schwer, sie zu überzeugen.«

»Also war die Entführung *ihr* Werk?«, fragte Trautman zornig. »Wir hätten dabei alle ums Leben kommen können!«

»Das weiß ich und ich bedaure es zutiefst«, antwortete Lady Grandersmith. »Ich entschuldige mich dafür.«

»Und ich nehme an, Sie haben auch dafür gesorgt, dass wir aus dem Hotel geworfen wurden«, sagte Juan grollend.

Diesmal lächelte Lady Grandersmith. »Ich gestehe es. Irgendwie musste ich euch doch schließlich hierher bekommen, oder? Und dieses Haus ist doch wirklich komfortabler als das Hotel, das musst du zugeben. Übrigens – es gehört dem Hotelmanager, falls es dich interessiert. Er ist ein guter Freund von mir.«

»Aber warum das Ganze?«, fragte Trautman. »Ich meine: Wenn Sie wirklich unsere Hilfe brauchen, hätten Sie uns einfach fragen können. Es wäre nicht nötig gewesen, die Kinder in Lebensgefahr zu bringen.«

»Ich glaube nicht, dass Sie mir in Kairo überhaupt zugehört hätten«, antwortete Lady Grandersmith. »Sie würden doch am liebsten jetzt noch leugnen, dass Sie der sind, der Sie nun einmal sind, und dass es die NAUTILUS überhaupt gibt, oder?«

»Hm«, machte Trautman.

»Nun?«, fragte Lady Grandersmith. »Werden Sie mir helfen?«

»Helfen?« Trautman lachte böse. »Wohl kaum, wenn Sie uns nicht einmal sagen, wobei. Wenn Sie wirklich so genau über uns alle Bescheid wissen, sollten Sie sich das eigentlich selbst sagen.«

»Es ist im Grunde ganz einfach«, antwortete Lady Grandersmith nach kurzem Überlegen – und nachdem sie wieder einen raschen Blick mit Yasal getauscht hatte. »Es gibt etwas, was hierher gebracht werden muss, in die große Pyramide. Wir können es aus bestimmten Gründen nicht riskieren, es über Land zu transportieren, und wir können es schon gar nicht riskieren, dass irgendjemand davon erfährt. Der einzige Weg, der bleibt, ist der über den unterirdischen Fluss. Und dazu brauchen wir die NAUTILUS.«

»Angenommen«, sagte Trautman, »es gäbe dieses sagenumwobene Schiff wirklich – nur einmal angenommen –, dann verstehe ich Sie immer noch nicht. Die NAUTILUS ist weiß Gott nicht das einzige Unterseeboot auf der Welt. Sie hätten sehr viel leichter ein anderes bekommen können. Man kann sie sogar chartern, wissen Sie? Es ist teuer, aber es geht.«

»Aber die NAUTILUS ist das einzige Schiff auf der Welt, das in der Lage ist, das, was wir brauchen, zu finden und hierher zu bringen«, antwortete Lady Grandersmith.

»Zu finden?«, hakte Trautman nach. »Was soll das heißen? Was ist es und *wo* ist es?«

»Ich will es Ihnen erklären«, sagte Lady Grandersmith. Sie trank einen Schluck Tee, blickte zuerst Trautman, dann Mike und alle anderen der Reihe nach an und ließ auch dann noch einige Sekunden verstreichen, ehe sie fortfuhr.

»Ich habe euch das Geheimnis der Pyramide gezeigt, aber es ist nur eines von *zwei* Geheimnissen. Das andere ist noch viel gewaltiger – größer und faszinierender, als ihr euch auch nur denken könntet, glaubt mir. Und ich habe euch von Al Achawwiya al sauda' erzählt, die dieses Geheimnis seit Jahrtausenden bewacht. Yasal, Hasim und ihr Bruder Sulan, den ihr im Grab des Cheops kennen gelernt habt, sind die Letzten ihres Stammes.«

»Dann ist es wahr, was Sie uns über die Schwarze Bruderschaft erzählt haben?«, fragte Chris. Er starrte Hasim aus großen Augen an. »Dass sie Zauberer sind, die sich mit dem Teufel verbündet haben?«

Lady Grandersmith lachte. »Natürlich nicht. Aber wahr ist, dass sie *anders* sind als die meisten Menschen, und Menschen fürchten nun einmal alles, was sie nicht kennen. Die beiden sind so wenig Dämonen wie du oder ich, glaub mir. Aber sie sind die letzten Hüter eines großen Geheimnisses und sie sind nicht unsterblich. Ihre Zeit läuft ab und es gibt etwas, was sie vor ihrem Ende tun müssen. Wir können nicht noch einmal zweihundertfünfzig Jahre ...« Sie verbesserte sich hastig. »Nicht mehr lange warten.«

»Und Sie werden uns selbstverständlich *nicht* sagen, was«, knurrte Trautman.

Lady Grandersmith überging die Bemerkung. »Vor drei Jahren beschlossen sie, das, von dem ich vorhin sprach, an einen anderen Ort bringen zu lassen; einen Ort, an dem es sicher wäre, auch wenn es sie nicht mehr gäbe. Es gelang ihnen mit meiner Hilfe, den – sagen wir wirklichen – Schatz der Cheopspyramide unbemerkt außer Landes zu bringen.«

»Ohne die NAUTILUS?«, fragte Trautman spöttisch.

Diesmal antwortete Lady Grandersmith. »Die Situation war völlig anders, Mister Trautman«, sagte sie. »Wir hatten Zeit und es herrschte kein Krieg, wie jetzt. Wir brachten den Schatz außer

Landes und transportierten ihn nach England, wo ich genug einflussreiche Freunde hatte, die uns weiterhalfen.«

»Und dort ist er heute noch«, vermutete Trautman. Er schüttelte den Kopf. »Ich muss Sie enttäuschen, Lady Grandersmith. Sie haben es selbst gesagt – es ist Krieg. Nicht einmal die NAUTILUS könnte sich einem englischen Hafen unbemerkt nähern.«

»Wäre der Schatz noch in England, würden wir Sie nicht brauchen«, erwiderte Lady Grandersmith kopfschüttelnd. »Nein, ich fürchte, ich habe einen Fehler gemacht.«

»Einen Fehler?«

»Ich wollte ganz sicher gehen, verstehen Sie?«, sagte Lady Grandersmith. »Ich ließ die Fracht auf das größte und sicherste Passagierschiff verladen, das es zu jenem Zeitpunkt auf der Welt gab, um nur ja jedes Risiko auszuschließen. Das Schiff verließ Liverpool im Winter des Jahres neunzehnhundertzwölf und nahm Kurs auf Amerika. Es kam niemals an.«

Trautmans Augen wurden groß und alle Farbe wich aus seinem Gesicht. Ben war erschrocken zusammengefahren und Mike fühlte einen eisigen Schauer über seinen Rücken gleiten.

»Sie ... Sie wollen damit andeuten, dass das Schiff –«, begann er.

»Es war die TITANIC«, sagte Lady Grandersmith leise. »Sie wissen, was geschah. Sie kollidierte mit einem Eisberg und sank in kurzer Zeit.«

»Die TITANIC?« Mike hätte das Wort fast geschrien. Mit einem Mal begriff er den Ausdruck ungläubigen Schreckens auf Trautmans Gesicht. Jeder hatte von der furchtbaren Katastrophe gehört, die das gewaltige Schiff auf seiner Jungfernfahrt heimgesucht hatte. Es war mit mehr als eintausendfünfhundert Passagieren an Bord in den eisigen Fluten versunken und niemand wusste genau, wo.

»Ja«, sagte Lady Grandersmith traurig. »Der Schatz befand sich in den Laderäumen der TITANIC, als sie unterging. Und dort ist er noch heute. Es gibt nur ein einziges Schiff auf der Welt, das in der Lage ist, ihn zu bergen und hierher zurückzubringen. Die NAUTILUS.«

Mike war wie vor den Kopf geschlagen. Wusste Lady Grandersmith denn überhaupt, was sie da verlangte? Das Wrack der TITANIC lag irgendwo auf dem Meeresgrund, wahrscheinlich tausende und abertausende von Metern tief und möglicherweise sogar in Stücke gebrochen. Und das Schlimmste war – niemand wusste genau, *wo* das Schiff gesunken war. Die TITANIC hatte nur Zeit für einen einzigen Funkspruch gehabt, ehe sie untergegangen war, und die Positionsangaben der Rettungsschiffe, die herbeigeeilt waren, um die wenigen Überlebenden aufzunehmen, wichen um Meilen voneinander ab. Auf der Karte vielleicht nur ein kleines Gebiet – aber auf dem Meeresgrund ein Areal von schier unvorstellbaren Ausmaßen, in dem sie buchstäblich Monate suchen konnten, ohne das Schiff zu finden.

»Lady Grandersmith, es ... es tut mir Leid«, sagte Trautman zögernd. »Aber ich fürchte, Sie überschätzen uns und auch die Möglichkeiten der NAUTILUS. Niemand weiß genau, wo das Schiff zu finden ist. Und selbst wenn – es könnte in einer Tiefe liegen, die nicht einmal die NAUTILUS erreichen kann.«

»Ich kann Sie beruhigen«, sagte Lady Grandersmith. »Wir

wissen genau, wo das Schiff liegt. Yasal und Hasim werden Sie begleiten und Ihnen den Ort zeigen.«

Trautman schüttelte den Kopf. »Bei allem Respekt, Mylady«, sagte er, »aber ich denke, Sie wissen nicht, was Sie da verlangen. Selbst wenn wir das Schiff finden – es könnte sich als unmöglich erweisen, in das Wrack einzudringen und Ihren Schatz zu bergen.«

»Ich sagte Ihnen doch – Yasal und Hasim werden Sie begleiten«, erwiderte Lady Grandersmith. »Sie werden es tun. Sie und Ihre Freunde müssen sie nur hinbringen. Das ist alles, was ich verlange.«

»Und ich kann es nicht tun«, beharrte Trautman. »Es ist viel zu gefährlich. Dort unten kann uns alles Mögliche erwarten. Und selbst wenn ich wollte: Die NAUTILUS ist in keinem sehr guten Zustand. Wir brauchen noch Wochen, um sie wieder vollkommen seetüchtig zu machen.«

»Ich bin über den Zustand Ihres Schiffes informiert«, sagte Lady Grandersmith. Ihre Stimme klang noch immer freundlich, aber nun lag eine Spur von Härte darin. »Es liegt unweit des Hafens von Alexandria auf dem Meeresgrund und wartet auf Sie. Es ist wahr, dass die NAUTILUS beschädigt ist, aber nicht annähernd so schlimm, wie Sie behaupten. Was Sie noch an Ersatzteilen brauchen, werden wir bis morgen Abend herschaffen. Und Yasal und Hasim werden Ihnen bei der Reparatur helfen. Die NAUTILUS kann in längstens fünf Tagen auslaufen.«

»Aber das ist nicht dasselbe!«, protestierte Trautman. »Es ist ein Unterschied, fünf Meter unter der Wasseroberfläche dahinzufahren oder möglicherweise fünftausend Meter tief auf den Meeresgrund zu tauchen.«

»Die TITANIC liegt in einer Tiefe von etwas über zweitausend Metern«, antwortete Lady Grandersmith. »Das ist für die NAUTILUS kein Problem.«

»Nicht unter normalen Umständen«, sagte Trautman grimmig. »Jetzt kann es unseren sicheren Tod bedeuten. Sie wissen, was am Polarkreis geschehen ist. Das Schiff wurde schwer beschädigt. Eine einzige undichte Naht, ein winziger Riss, der vielleicht mit bloßem Auge nicht einmal zu sehen wäre, und wir werden zerquetscht wie eine Konservendose. Ich brauche Monate, um sicher zu sein, dass das Schiff diese Belastung aushält.«

»So viel Zeit bleibt uns nicht«, erwiderte Lady Grandersmith kühl. »Yasal und Hasim müssen ihre Aufgabe in zwei Wochen erledigt haben.«

»Unmöglich!«, sagte Trautman entschieden.

»Es gibt ein gewisses Risiko, das gebe ich zu«, sagte Lady Grandersmith. »Aber ich fürchte, das müssen Sie in Kauf nehmen.«

»Ich glaube kaum, dass Sie das entscheiden können«, erwiderte Trautman. »Meine Antwort ist Nein. Endgültig. Ich werde weder das Leben der Kinder noch die Existenz der NAUTILUS wegen etwas aufs Spiel setzen, von dem ich nicht einmal weiß, was es ist.« Er stand auf. »Ich danke Ihnen für Ihre Gastfreundschaft, Lady Grandersmith, aber ich denke, es ist besser, wenn wir jetzt gehen.«

»Mitten in der Nacht?« Lady Grandersmith lachte. Es klang

nicht besonders amüsiert. »Machen Sie sich nicht lächerlich, Mister Trautman. Wir sind hier mitten in der Wüste. Vier oder fünf Stunden Fußmarsch von der nächsten menschlichen Behausung entfernt.«

»Wir haben schon Schlimmeres überstanden«, sagte Ben. »Trautman hat Recht – wir gehen.«

»Ich fürchte, das kann ich nicht zulassen«, antwortete Lady Grandersmith.

Ben runzelte die Stirn. Mike bemerkte, wie Singh hinter ihn trat und sich unmerklich spannte.

»Wie bitte?«, fragte Trautman. »Wie meinen Sie das?«

»Es tut mir aufrichtig Leid«, sagte Lady Grandersmith. Aber ich muss darauf bestehen, dass Sie hier bleiben.«

»Und was heißt das genau?«, fragte Trautman. »Sind wir vielleicht so etwas wie Ihre Gefangenen?«

»Ich hätte eine andere Lösung vorgezogen«, sagte Lady Grandersmith ernst. »Aber es ist wohl so.«

»Kaum«, antwortete Trautman. Er trat herausfordernd auf Lady Grandersmith und ihre beiden Begleiter zu, und sofort machte Yasal einen Schritt und stellte sich schützend vor seine Herrin.

»Bitte, Mister Trautman«, sagte Lady Grandersmith. »Machen Sie es nicht noch schlimmer.«

Und dann ging alles ganz schnell. Singh sprang blitzartig an Trautman vorbei und versuchte mit einer fast tänzerisch anmutenden Bewegung Yasal zu packen. Der Sikh beherrschte die Kampftechnik seiner Kaste perfekt. Das unscheinbare Äußere des Inders täuschte. Mike hatte einmal mit eigenen Augen gesehen, wie Singh mit *fünf* Gegnern gleichzeitig gekämpft – und sie besiegt hatte.

Aber er war auch noch nie auf jemanden wie Yasal gestoßen.

Yasal tat etwas, was keiner von ihnen richtig sah. Für eine Sekunde schien er zu einem Schatten zu werden, und als Mike ihn wieder richtig erkennen konnte, lag Singh am Boden und rang keuchend nach Luft.

Die beiden Beduinen brachten sie in eines der Gästezimmer, das nur ein einziges, vergittertes Fenster hatte. Lady Grandersmith verabschiedete sich mit den Worten von ihnen, sie für eine Stunde allein zu lassen, in der sie sich ihre Entscheidung noch einmal überlegen konnten, und ging dann, begleitet von Hasim und Yasal.

Kaum hatte sie die Tür hinter sich geschlossen, da eilte Ben auch schon zum Fenster, öffnete es und rüttelte mit aller Kraft an den Gitterstäben. Sie rührten sich nicht. *Alle* Fenster des Hauses waren vergittert; etwas, was Mike bisher nur für bloße Zierde gehalten hatte, was aber angesichts der Geschehnisse der letzten Minuten eine vollkommen neue Bedeutung erhalten hatte.

»Lass es sein«, sagte Mike niedergeschlagen. »Das hat keinen Zweck.«

»Wenn mir keiner hilft, bestimmt nicht«, sagte Ben wütend. »Zu zweit oder dritt könnten wir es schaffen. So stabil sind die Stäbe nicht.«

»Selbst wenn, wäre es sinnlos«, sagte Trautman. Er schüttelte traurig den Kopf. »Wir kämen keine zwei Meilen weit, bevor sie uns –«

Er brach ab, da die Tür wieder geöffnet wurde und einer der beiden Beduinen erschien. Er trug ein schwarzes, heftig fauchendes und um sich schlagendes Fellbündel auf den Armen, das er in hohem Bogen zu ihnen hereinwarf. Astaroth landete geschickt auf allen vieren, fuhr auf der Stelle herum und wollte sich auf Hasim stürzen, aber Serena rief ihm einen kurzen Befehl zu und der Kater hielt inne. Hasim starrte ihn noch eine Sekunde lang an, dann fuhr er herum und warf die Tür lautstark hinter sich ins Schloss. Astaroth fauchte enttäuscht und sträubte das Fell.

»Typisch!«, sagte Ben verdrießlich. »Jetzt, wo es zu spät ist, spielt er sich auf.«

Mike schüttelte seufzend den Kopf, aber er ersparte es sich, irgendetwas darauf zu sagen. Bens scheinbare Feindseligkeit war seine Art, mit dem Schock fertig zu werden. Er meinte es nicht so, das wussten sie alle; selbst Astaroth. Trotzdem wandte er sich an den Kater und sagte laut, damit alle es hörten:

»Nimm es ihm nicht übel, Astaroth. Er ist nur durcheinander.«

Durcheinander?, schnappte Astaroth. *Er soll nur aufpassen, dass ich ihm nicht seine Knochen durcheinander bringe. Immerhin bin ich der Einzige, der überhaupt versucht hat etwas zu tun! Warte nur ab. Ich hatte gerade Pech, aber wenn ich diesen schwarzen Hampelmann das nächste Mal in die Krallen bekomme, geht es anders aus!*

»Was sagt er?«, fragte Ben.

»Nichts«, antwortete Mike hastig. Er warf einen raschen Blick zu Singh hinüber, der vornübergebeugt auf dem Sofa saß und die Hand gegen den Leib presste. Der Inder war nicht schwer verletzt, aber Mike zweifelte keine Sekunde daran, dass Yasal ihn mit einer einzigen Handbewegung hätte töten können, wenn er gewollt hätte.

»Ist auch besser so«, maulte Ben.

»Hört auf«, sagte Trautman streng. Er maß Astaroth und Ben mit einem strafenden Blick. »Wir haben wirklich Besseres zu tun, als uns zu streiten.«

»So?«, gab Ben zurück. »Und was?«

»Zum Beispiel darüber nachzudenken, was wir tun können«, sagte Juan. »Ich verstehe einfach nicht, wie sie uns so hereinlegen konnte!«

»Das versteht niemand«, sagte Trautman. »Ich dachte immer, ich wäre ein guter Menschenkenner, aber ich muss gestehen, dass sie auch mich getäuscht hat. Wer ist diese Frau nur?«

»Jedenfalls keine harmlose Lady«, murrte Ben. »Wenn ich nicht so wütend wäre, würde ich sie bewundern. Sie weiß tatsächlich alles über uns.«

»Fast alles«, sagte Serena.

Alle sahen sie überrascht an und Serena fuhr fort. »Offensichtlich weiß sie nicht, wer ich bin. Und ich glaube, sie weiß auch nicht, wer Astaroth ist. Und schon gar nicht, *was* er ist.«

»Das stimmt«, sagte Trautman. »Und so soll es auch bleiben.« Er überlegte einen Moment, dann wandte er sich an Mike. »Bitte frage Astaroth, ob er Lady Grandersmiths Gedanken lesen kann. Ich meine jetzt, von hier aus.«

Natürlich kann ich das, sagte Astaroth, ehe Mike die Frage in Gedanken wiederholen konnte. Der Kater war nicht nur in der Lage, Mikes Gedanken zu lesen, sondern die jedes Menschen, und er verstand auch gesprochene Worte. Trautman wusste das zwar, aber er hatte sich immer noch nicht daran gewöhnt, mit einem *Kater* zu reden, obwohl sie nun seit mittlerweile drei Jahren zusammen waren.

»Dann frag ihn, worum es hier wirklich geht.«

»Wirklich? Wie meinen Sie das?«

»Ich kann mir einfach nicht vorstellen, dass sie bloß hinter einem Schatz her ist«, sagte Trautman.

»Sie hat es selbst gesagt«, erinnerte Ben.

»Sie hat gesagt, dass Yasal und die beiden anderen die Hüter des Schatzes sind«, erinnerte Trautman. »Aber nicht, woraus dieser Schatz besteht.«

»Woraus schon?«, fragte Juan. »Aus Gold, Diamanten ... woraus Schätze eben bestehen.«

»Ja, das war auch mein erster Gedanke«, sagte Trautman und schüttelte den Kopf. »Trotzdem ... irgendetwas stimmt hier einfach nicht. Erinnert ihr euch, wie sie reagiert hat, als sie uns Cheops' Mumie zeigte? Sie war entsetzt. Und sehr zornig über die, die das getan haben. Das wäre sie kaum, hätte sie selbst mitgeholfen den Schatz wegzubringen. Vielleicht waren es wirklich Grabräuber, und sie und diese drei unheimlichen Gestalten suchen etwas ganz anderes.«

»Aber was denn?«

»Das will ich ja gerade von Astaroth wissen«, sagte Trautman. Er sah den Kater auffordernd an, erntete aber nur ein zaghaftes Blinzeln.

Ich kann euch nicht helfen, gestand Astaroth nach einiger Zeit.

»Was soll das heißen?«, fragte Mike. »Kannst du ihre Gedanken lesen oder nicht?«

Doch. Aber es ist ... seltsam. Sie ... sie scheint gar nicht zu wissen, wonach sie sucht.

»Wie?«, fragte Mike ungläubig.

Astaroth machte eine Bewegung, die fast wie ein menschliches Achselzucken wirkte. *Es ist so,* bestätigte er. *Sie weiß es nicht. Oder sie kann ihre Gedanken vor mir verheimlichen. Aber das gelingt nur den wenigsten. Die sicherste Methode, an etwas Bestimmtes zu denken, ist nämlich, sich mit aller Kraft darum zu bemühen,* nicht *daran zu denken.*

Mike übersetzte rasch, was der Kater gesagt hatte. Allgemeine Enttäuschung machte sich breit, aber dann sagte Juan: »Und was ist mit den anderen? Yasal und Hasim?«

Dasselbe wie mit dem Fahrer des Wagens gestern, gestand Astaroth. *Ich habe es versucht, aber ich kann ihre Gedanken nicht lesen. Es ist fast, als ... als ob sie gar nicht leben würden.*

»Dann bleibt uns wohl keine andere Wahl«, sagte Trautman niedergeschlagen.

»Als was?«, fragte Ben. »Auf ihre Forderung einzugehen? Das gefällt mir nicht. Ich lasse mich nicht gerne zu etwas zwingen.«

»Ich auch nicht«, sagte Trautman. »Aber im Moment können wir nicht viel tun. Du hast gesehen, wozu Hasim und Yasal in der Lage sind. Vielleicht haben wir später eine Chance, sie zu überwältigen. Wenn wir erst einmal wieder auf der NAUTILUS sind, haben wir möglicherweise die besseren Karten. Ich schlage vor, wir gehen auf ihre Forderung ein – wenigstens zum Schein.«

Mike bezweifelte, dass Lady Grandersmith darauf hereinfallen würde, aber welche andere Wahl hatten sie schon? Außerdem hatte Trautman nicht völlig Unrecht – auf der NAUTILUS standen ihnen andere Mittel und Wege zur Verfügung, sich zu wehren.

Er wollte gerade eine entsprechende Bemerkung machen, als die Tür geöffnet wurde und Lady Grandersmith in Begleitung ihrer beiden Wächter eintrat. Sie wirkte sehr entschlossen.

»Lady Grandersmith!«, begann Trautman. »Die Frist ist noch nicht –«

Lady Grandersmith unterbrach ihn mit einer ärgerlichen Handbewegung und deutete auf Serena. Noch bevor Mike richtig begriff, was überhaupt geschah, trat Hasim auf sie zu, packte das Mädchen und zerrte es grob in die Höhe.

Serena schrie überrascht auf. Astaroth fauchte, stürzte sich blitzschnell auf Hasim und handelte sich einen Tritt ein, der ihn meterweit davonschlittern ließ. Sofort war er wieder auf den Füßen und griff erneut an, aber diesmal mit noch geringerem Erfolg: Hasim ergriff ihn mit der freien Hand im Nacken und hob ihn mit derselben Mühelosigkeit hoch, mit der er mit der anderen Hand Serena festhielt.

Auch Mike, Ben und Juan waren aufgesprungen und selbst Singh stemmte sich in die Höhe. Hasim wich rasch zurück, und sein Bruder Yasal stellte sich schützend zwischen ihn und die anderen.

»Hört auf«, sagte Trautman scharf. Er machte eine rasche Handbewegung, sah Ben warnend an und wandte sich dann an Lady Grandersmith.

»Lady Grandersmith, was bedeutet das?«, fragte er. »Darf ich um eine Erklärung bitten?«

»Das dürfen Sie, Mister Trautman«, antwortete Lady Grandersmith. »Ich war unhöflich, ich gebe es zu. Ich habe gelauscht.«

»Sie haben –«

»– jedes Wort verstanden«, bestätigte Lady Grandersmith. Sie blickte stirnrunzelnd auf Astaroth herab, der noch immer in Hasims Griff zappelte, und sah dann wieder Trautman an. »Dieses Tier kann also meine Gedanken lesen. Das ist interessant – aber auch ein wenig beunruhigend. Und dass Sie vorhaben mich zu hintergehen, enttäuscht mich ein wenig. Auch wenn ich eigentlich damit hätte rechnen müssen.«

»Was haben Sie erwartet?«, fragte Trautman trotzig. »Dass ich mich einer gemeinen Erpressung beuge?«

»Nein«, sagte Lady Grandersmith. »Auch wenn es schmerzt, dass Sie mich so missverstehen. Ich bin nicht Ihre Feindin. Und ich hätte niemals zu diesem letzten Mittel gegriffen, hätte ich eine andere Wahl. Aber uns bleibt keine Zeit für lange Verhandlungen. Es tut mir Leid, aber nun zwingen Sie mich, etwas zu tun, was ich eigentlich vermeiden wollte.«

»Und was?«, fragte Trautman.

Lady Grandersmith deutete mit einer Kopfbewegung auf Serena, ließ Trautman dabei aber keinen Moment aus den Augen. »Ich muss darauf bestehen, dass Sie meinen Wunsch erfüllen und zum Wrack der TITANIC hinuntertauchen«, sagte sie. »Und um sicherzugehen, dass Sie nicht versuchen Ihr Wort zu brechen, werde ich das Mädchen und das Tier hier behalten.

Sobald Sie mit der Ladung an Bord wieder hier sind, bekommen Sie beide unversehrt zurück.«

»Sie wollen sie als Geisel nehmen?«, keuchte Mike.

»Der Ausdruck Gast wäre mir lieber«, sagte Lady Grandersmith ernst. »Ich gebe dir mein Wort, dass deiner Freundin kein Haar gekrümmt wird.«

»Das lasse ich nicht zu!«, sagte Mike. »Niemals!«

Lady Grandersmith antwortete nicht darauf. Es gab absolut nichts, was Mike dagegen tun konnte.

»Und was geschieht, wenn wir nicht zurückkommen oder zu spät?«, fragte Ben. »Was tun Sie dann mit Serena? Wollen Sie sie umbringen? Das traue ich Ihnen nicht zu!«

»Natürlich nicht«, antwortete Lady Grandersmith. »Ich werde weder ihr noch dem Kater ein Leid zufügen. Niemals. Aber ich verspreche auch, dass ihr sie nie wieder sehen werdet. Jedenfalls nicht, solange ich lebe.«

»Das werden Sie bereuen«, sagte Mike wütend. »Sie ... Sie werden –«

»Bitte, Mike«, unterbrach ihn Lady Grandersmith. »Mach es nicht noch schlimmer. Auch wenn du es mir sicher nicht glaubst, aber es macht mich sehr traurig, so handeln zu müssen.«

»Dann lassen Sie es!«

»Das kann ich nicht«, antwortete Lady Grandersmith. »Ich habe keine Wahl. Die Ladung der TITANIC *muss* hierher zurückgebracht werden, ganz egal, unter welchen Umständen oder Opfern. Vielleicht werdet ihr später verstehen, warum ich so handeln musste.«

Es war seltsam – Mike war so wütend wie niemals zuvor im Leben und trotzdem fiel es ihm immer schwerer, zornig auf Lady Grandersmith zu sein. Aus einem Grund, den er selbst nicht verstand, *glaubte* er ihr.

Lady Grandersmith klatschte in die Hände, worauf Hasim sich herumdrehte und die sich noch immer heftig wehrende Serena und den noch heftiger um sich schlagenden Astaroth aus dem Zimmer brachte.

»Der Wagen steht unten vor der Tür«, sagte Lady Grandersmith. »Er ist voll getankt und beladen und im Hafen wartet ein Schiff auf Sie, das Sie nach Alexandria bringen wird. Bis morgen Abend werden sämtliche Teile, die Sie für die Reparatur der NAUTILUS noch benötigen, an Bord Ihres Schiffes sein, sodass Sie unverzüglich auslaufen können.«

»Warten Sie!«, rief Mike. Lady Grandersmith hatte sich bereits herumgedreht, um das Zimmer zu verlassen, aber jetzt hielt sie noch einmal inne und sah zu ihm zurück.

»Ich ... ich will mich wenigstens noch von Serena verabschieden«, sagte Mike. »Bitte!«

»Ihr wird nichts geschehen«, sagte Lady Grandersmith. »Du hast mein Wort. Mach dir keine Sorgen!«

»Aber ich will doch nur Auf Wiedersehen sagen!«, beharrte Mike. »Mehr nicht!«

Lady Grandersmith sah auf den Gang hinaus, dann schüttelte sie den Kopf. »Ich fürchte, das geht nicht«, sagte sie. »Es tut mir Leid.«

Irgendetwas stimmte nicht. *Astaroth?*, rief Mike in Gedanken. *Astaroth! Hörst du mich? Wo bringt er euch hin?*

Mike! Astaroths Antwort klang fast panisch. *Ich weiß nicht, was hier geschieht! Ich kann nichts tun! Er –*

Die Worte hörten auf wie abgeschnitten und in Mikes Kopf herrschte plötzlich eine schreckliche Leere. Es war, als wäre in seinen Gedanken eine Tür zugeschlagen worden. Irgendetwas Furchtbares war passiert.

»Serena!«, schrie Mike. Die Angst gab ihm plötzlich Riesenkräfte. So schnell, dass selbst Yasals rasche Bewegung zu spät kam, raste er los, duckte sich unter den zupackenden Händen des Beduinen hindurch, rannte auf den Gang hinaus –

und blieb wie vom Donner gerührt stehen.

Hasim war verschwunden.

Der Korridor zog sich gute sechs oder sieben Meter weit vor ihm entlang und es gab auf dieser Strecke weder eine Tür noch ein Fenster oder irgendeinen anderen Ausgang. Und die Zeit, die vergangen war, seit Hasim das Zimmer verlassen hatte, hätte einfach nicht ausgereicht, um das Ende des Korridors und damit die Treppe nach unten zu erreichen; nicht einmal, wenn Hasim gerannt wäre.

Und trotzdem war er nicht mehr da. Er war verschwunden, zusammen mit Serena und Astaroth. So spurlos, als hätte es ihn nie gegeben.

Das Geräusch der Maschinen hatte sich im Laufe der letzten halben Stunde verändert. Aus dem monotonen, gleichmäßigen Stampfen, das im Verlauf der vergangenen Jahre beinahe zu einem festen Bestandteil seines Lebens geworden war, war ein unregelmäßiges Stöhnen und Rumoren geworden, und manchmal glaubte er bedrohlich mahlende Laute wahrzunehmen, wie von Zahnrädern, die gegen einen immer größer werdenden Widerstand anzukämpfen hatten. Zuerst hatte Mike versucht sich damit zu beruhigen, dass er sich das alles nur einredete und ihm seine Nerven einen Streich spielten. Aber das stimmte nicht. Keiner der anderen hatte es direkt ausgesprochen, aber Mike sah an ihren Gesichtern, dass sie es ebenfalls hörten. Irgendetwas war mit der NAUTILUS nicht in Ordnung.

Er wusste sogar, was.

Mikes Blick glitt zu dem kleinen Gerät, das die Tauchtiefe anzeigte. Er fuhr zusammen, als er sah, auf welcher Ziffer der verschnörkelte Zeiger stand. Sie hatten die Tausendfünfhundert-Meter-Marke überschritten und sanken langsam, aber gleichmäßig weiter. Und der Meeresboden lag noch unendlich tief unter ihnen. Die Geräte, die ihnen normalerweise auf den Meter genau gesagt hätten, welche Entfernung noch vor ihnen lag, versagten hier. Zum Teil lag das daran, dass die NAUTILUS noch nicht vollständig instand gesetzt war, aber auch an der Beschaffenheit des Meeresbodens. Es gab gewaltige Schluchten und Täler, sodass die Unterschiede oft tausende von Metern betrugen. Es mochte sein, dass sie noch fünfhundert Meter tief tauchen mussten, um auf Grund zu stoßen, ebenso gut konnten es aber auch drei oder vier Meilen sein.

Wie immer, wenn er hier im Salon der NAUTILUS war – der zugleich auch die Steuer- und Navigationskontrollinstrumente enthielt –, wanderte Mikes Blick hin und wieder zu der schwarz gekleideten Gestalt neben der Tür. Diesmal war es Hasim, der hier Wache stand, während sein Bruder Yasal durch das Schiff patrouillierte. Seit sie ausgelaufen waren, wechselten sich die beiden Beduinen darin ab – einer stand immer hier und überwachte den Teil der Mannschaft, der das Schiff steuerte, während der andere durch das Schiff ging. Weder Mike noch einer der anderen hatte die beiden jemals schlafen sehen, obwohl sie seit mittlerweile fünf Tagen unterwegs waren. Und wie immer, wenn er Yasal oder Hasim sah, packte ihn brodelnde Wut. Er hatte Serena nicht wieder gesehen und Lady Grandersmith hatte ihm nicht gesagt, wohin sie und Astaroth gebracht worden waren.

Wenn das alles hier vorbei ist, dachte er, werde ich eine Gelegenheit finden, mich an den beiden zu rächen. Falls wir dann noch am Leben sind, heißt das.

»Da ist etwas!«

Mike fuhr aus seinen Gedanken hoch, als er Juans Stimme hörte, und war mit einem einzigen Schritt neben dem jungen Spanier. Juan stand in gespannter Haltung vor dem Kontrollpult und blickte auf eines der zahllosen Instrumente hinab, die darauf blinkten und blitzten. Auch Mike warf einen raschen Blick über die Kontrollen, konnte aber nichts Auffälliges entdecken.

»Der Kerl wird uns noch alle umbringen«, grollte Ben. Genau in diesem Moment fuhr wieder dieses unheimliche, mahlende Geräusch durch den Schiffsrumpf, das Mike bis ins Innerste erschauern ließ.

Er wusste zwar, dass es sinnlos war, aber er wandte sich trotzdem an Hasim: »Sei doch endlich vernünftig«, sagte er. »Das Schiff hält die Belastung nicht aus, merkst du das denn nicht selbst? Wir werden auseinander brechen, lange ehe wir den Meeresgrund erreichen.«

Hasim starrte ihn an und schwieg und dieses Schweigen machte Mike plötzlich wütend. »Ist es das, was du willst?«, fragte er in fast schreiendem Ton. »Uns alle umbringen? Das hättet ihr leichter haben können!«

»Lass es gut sein, Mike«, sagte Trautman besänftigend. »Damit erreichst du nichts.«

Das wusste Mike selbst. Aber es erleichterte ihn, endlich laut auszusprechen, was ihnen allen seit Tagen ununterbrochen durch den Kopf ging. Bei ihren Unterhaltungen gab es praktisch kein anderes Thema mehr.

»Aber das wird euch alles nichts nutzen, weißt du?«, fuhr er erregt fort. »Wenn die NAUTILUS zerstört ist, dann kommt ihr niemals an euren Schatz oder was auch immer im Wrack der TITANIC verborgen liegt. Hast du daran vielleicht schon einmal gedacht?«

Er rechnete nicht mit einer Antwort – Hasim hatte noch nie auf irgendetwas geantwortet – und war darum umso überraschter, als der Beduine doch reagierte. Zuerst blickte er Mike nur eindringlich aus seinen unheimlichen Augen an, aber dann löste er sich plötzlich von seinem Platz neben der Tür und ging mit langsamen Schritten auf das Steuerpult zu.

»He!«, sagte Ben. »Was hat er denn jetzt wieder vor?«

»Das frage ich mich auch«, murmelte Trautman. Er war aufgestanden und sah Hasim erwartungsvoll entgegen.

Hasim ließ sich davon jedoch nicht beeindrucken, sondern ging einfach weiter, sodass Trautman wohl oder übel beiseite treten musste, um ihm Platz zu machen. Hasim beugte sich über die Instrumente, blickte eine ganze Weile schweigend darauf hinab und streckte schließlich die Hand aus. Seine Finger glitten wie flinke schwarze Schatten über Schalter und Knöpfe, fast schneller, als das Auge ihnen zu folgen vermochte.

»Was macht er denn da?«, fragte Ben entsetzt.

»Ich habe nicht die geringste Ahnung«, murmelte Trautman. »Aber es gefällt mir nicht.«

»Wir ändern den Kurs«, sagte Juan von der anderen Seite des Steuerpultes her. »Und wir sinken schneller.« Mike blickte zum Fenster. Das mehr als metergroße Bullauge, durch das man direkt aus dem Salon des Schiffes ins Meer hinausblicken konnte, zeigte nichts als Schwärze, denn in dieser Wassertiefe gab es natürlich kein Sonnenlicht mehr, aber er glaubte trotzdem zu sehen, wie sich unter der NAUTILUS ein gewaltiger Abgrund auftat, wie das aufgerissene Maul eines riesigen Tiefseedrachens, in das sie geradewegs hineinfuhren.

»Wir sinken viel zu tief!«, sagte Trautman, nachdem er rasch zu Juan gegangen war und einen Blick auf die Instrumente geworfen hatte. »Das hält das Schiff nicht aus! Nicht einmal unter normalen Umständen!«

Er fuhr herum und wandte sich direkt an Hasim. »Hör auf damit!«, sagte er. »Wir müssen langsamer sinken, hörst du?«

Hasim reagierte nicht, sondern fuhr fort, Hebel und Tasten zu betätigen, Schalter umzulegen und an Kontrollrädchen zu drehen, so schnell und geschickt, als hätte er sein Lebtag lang nichts anderes getan.

Mike begriff erst nach einigen Sekunden, was das bedeutete.

»Er ... er kennt sich mit den Kontrollinstrumenten aus!«, sagte er verblüfft. »Seht doch! Er weiß ganz genau, wie man die NAUTILUS steuert!«

Trautman blinzelte. »Du hast Recht«, gestand er. »Und weißt du, was? Ich habe das Gefühl, er weiß es sehr viel besser, als ich es jemals wusste.«

»Das ändert aber nichts daran, dass er auf dem besten Weg ist, uns umzubringen«, grollte Ben. »Wir müssen den Kerl aufhalten!«

Er trat auf Hasim zu und versuchte ihn von den Instrumenten wegzuziehen. Mike hielt instinktiv den Atem an; nach allem, was er bisher mit den beiden Beduinen erlebt hatte, rechnete er felsenfest damit, Ben in der nächsten Sekunde durch die Luft fliegen zu sehen. Aber Hasim reagierte überhaupt nicht. Er stand einfach da und arbeitete weiter am Pult und Ben zerrte vergeblich an seinem schwarzen Gewand. Ebenso gut hätte er wahrscheinlich auch versuchen können, mit bloßen Händen das Kontrollpult aus dem Boden zu reißen.

»Zweitausend Meter!«, sagte Juan nervös. »Wir sinken wie ein Stein.«

Wieder sah Mike zum Fenster. Die Dunkelheit dort draußen war unverändert.

»Er bringt uns um!«, rief Ben. »Wir müssen etwas tun! Helft mir!«

Mittlerweile war auch Singh zu ihnen gekommen, der sich auf Bens Ausruf hin dem Beduinen zuwandte. Diesmal sah Hasim kurz hoch, konzentrierte sich dann aber wieder auf seine Tätigkeit.

Mike machte eine besänftigende Geste in Singhs Richtung. Ganz davon abgesehen, dass sie alle zusammen wahrscheinlich nicht in der Lage gewesen wären, Hasim zu überwältigen, hatte er plötzlich das Gefühl, dass Ben sich täuschte.

»Lasst ihn«, sagte er.

Ben riss ungläubig die Augen auf. »Lasst ihn?«, wiederholte er in fassungslosem Ton. »Was sollen wir ihn lassen? Uns umzubringen? Bist du übergeschnappt? Wenn du unbedingt Selbstmord begehen willst, hole ich dir ein Gewehr!«

»Mike hat Recht«, sagte nun auch Trautman. Er deutete auf Hasim. »Sieh doch, Ben. Er weiß ganz genau, was er tut. Möglicherweise – weiß er besser als ich, was dieses Schiff wirklich aushält.«

Mike war das kurze Stocken in Trautmans Worten keineswegs verborgen geblieben, aber insgeheim stimmte er ihm zu.

»Zweitausendzweihundert Meter«, sagte Juan gepresst. »Und vom Meeresgrund keine Spur.«

Trautman starrte noch immer den Beduinen an. Mike konnte ihn sehr gut verstehen. Auch ihm erging es nicht viel anders. Wenn das, was er beobachtete, wirklich das bedeutete, was er glaubte ...

»Was dann?«, fragte Ben.

Mike blinzelte. Erst jetzt wurde ihm klar, dass er den letzten Gedanken laut ausgesprochen hatte.

»Was bedeutet es?«, bohrte Ben.

»Kommst du nicht von selbst drauf, Schlaumeier?«, fragte Chris.

»Nein, komme ich nicht, Zwerg«, gab Ben giftig zurück.

»Warum erklärst du's mir nicht, wenn du so viel schlauer bist als ich.«

Mike warf Chris einen beruhigenden Blick zu, ehe er antwortete. Bens Feindseligkeit überging er. Sie hatten alle Angst. Es war weiß Gott nicht das erste Mal, dass sie in einer gefährlichen Situation waren, aber bisher hatten sie sich wenigstens *wehren* können. Viel schlimmer als die Furcht war das Gefühl der Hilflosigkeit. Sie waren Hasim auf Gedeih und Verderb ausgeliefert.

»Es bedeutet, dass sie vielleicht gar keine Menschen sind«, sagte er. »Nicht so wie wir, jedenfalls.«

»Wie?«, machte Ben.

»Überleg doch mal!«, fuhr Mike fort. »Sie nennen sich selbst die Hüter der Cheopspyramide und die ist ein paar tausend Jahre alt. Aber wer sagt dir denn, dass sie nicht noch viel älter sind! Vielleicht so alt wie dieses Schiff oder noch älter.«

»Du meinst ... *diese beiden*?«

Eigentlich wollte Mike mit einem klaren Ja antworten – aber dann kam ihm das doch selbst zu unglaublich vor. Er schüttelte den Kopf. »Natürlich nicht. Aber die Schwarze Bruderschaft. Vielleicht sind sie – wirklich keine Menschen, sondern ... sondern Nachfahren der Atlanter.«

»Wie Serena?«

»Zweitausendsechshundert Meter«, sagte Juan. »Der Meeresboden!«

Mit einem einzigen Satz waren sie alle bei ihm. Mike war insgeheim froh, dass er nicht weiterreden musste – Bens letzte Frage hätte er nämlich verneinen müssen. Hasim und Yasal hatten nichts, aber auch gar nichts mit den Atlantern zu tun, das wusste er einfach. Aber die einzige andere Erklärung, die ihm einfiel, wäre noch viel fantastischer gewesen.

Tatsächlich hatte sich die Anzeige bei einigen Instrumenten verändert. Für einen Außenstehenden wäre es weiter nichts als ein grünliches Blitzen und Zucken gewesen, aber Mike erkannte sofort, dass Juan die Wahrheit sagte: Sie näherten sich dem Meeresboden. Unter ihnen waren vielleicht noch fünfzig Meter Wasser.

»Die Scheinwerfer«, sagte Trautman. »Schalt sie ein.«

Juan gehorchte. Direkt vor dem Fenster leuchtete ein meterdicker, weißer Strahl auf, der schräg nach unten gerichtet war. Im ersten Moment konnten sie in dem grellen Licht nichts erkennen, außer einem sachten Flimmern, dann tauchte der Grund des Ozeans in der Helligkeit auf. Es gab in dieser Wassertiefe kaum noch Leben – jedenfalls keines, das auf dem Meeresgrund Fuß gefasst hätte. Unter ihnen lag nur nackter, fast weißer Sand, aus dem hier und da ein Felsbuckel oder ein gezacker Grat ragte.

Juan sagte: »Wir ändern den Kurs. Und das Schiff wird langsamer.«

Zumindest draußen war davon nichts zu erkennen. Der Scheinwerferstrahl tastete weiter über den sandigen Meeresboden, der jetzt keine zehn Meter mehr unter ihnen lag – und verlor sich plötzlich in jäh aufklaffender Schwärze. Nicht nur Mike fuhr erschrocken zusammen.

»Was ist das?«, keuchte Ben.

»Eine Schlucht«, antwortete Juan. »Sie ist ...« Er stockte.

»Ja?«, fragte Trautman.

»Die Instrumente zeigen nichts an«, sagte Juan nervös. »Sie muss unvorstellbar tief sein.«

»O nein«, flüsterte Ben. »Wenn die TITANIC dort unten liegt, dann gute Nacht.«

Mike wagte gar nicht daran zu denken. Das Schiff zitterte und bebte jetzt ununterbrochen und aus dem anfänglich vereinzelten Knirschen und Mahlen war ein fast ununterbrochenes Knistern geworden. Noch einmal tausende von Metern tiefer zu tauchen, konnten sie nicht aushalten. Und trotzdem steuerte Hasim das Schiff direkt in diesen Abgrund hinein.

»Hasim, bitte!«, sagte Trautman. »Wenn ... wenn wir dort hinuntermüssen, dann tauchen Sie noch einmal auf und lassen Sie die Kinder von Bord. Singh und ich werden mit Ihnen kommen, das schwöre ich.«

Hasim sah ihn auf eine sehr sonderbare Weise an, drehte sich wieder zu den Kontrollinstrumenten herum und drückte eine Taste.

»Wir sinken!«, keuchte Juan. »Großer Gott, wir tauchen fast senkrecht! Er bringt uns um!«

Mike sah aus den Augenwinkeln, wie Singh sich spannte, um sich in einer verzweifelten Bewegung auf Hasim zu werfen – doch da fiel der Scheinwerferstrahl wieder auf weißen Sand.

»Singh! Nicht!«, schrie Mike.

Singh erstarrte mitten in der Bewegung, sah Mike an und folgte dann dessen Blick.

Sie hatten das jenseitige Ende der Schlucht erreicht. Unter ihnen gähnte noch immer bodenlose Schwärze, aber schräg vor der NAUTILUS war wieder der Meeresgrund zu erkennen, der auf dieser Seite wohl ein gutes Stück tiefer lag als auf der anderen.

Und nicht sehr weit von diesem Abgrund entfernt, oben an Land, kaum einen Steinwurf entfernt, befand sich das Wrack des gewaltigsten Schiffes, das Mike jemals zu Gesicht bekommen hatte.

Die NAUTILUS lag auf dem Meeresgrund. Das Stampfen der Motoren hatte endlich aufgehört und selbst das unheimliche Knistern und Knirschen, mit dem der Wasserdruck gegen die stählernen Wände des Schiffes anrannte, war leiser geworden. Sie standen dicht gedrängt vor dem Bullauge und blickten zu dem gigantischen Berg aus Stahl hinauf, der über der NAUTILUS emporragte.

Die TITANIC hatte ihren Namen zu Recht. Die NAUTILUS war zwei- oder dreimal über das Schiff hinweggefahren und hatte es mit ihren Scheinwerferstrahlen abgetastet und es war Mike jedes Mal größer vorgekommen. Die NAUTILUS war gewiss nicht klein, aber gegen die TITANIC war sie ein lächerlicher Zwerg, der bequem mehrmals darin Platz gefunden hätte. Mike versuchte vergeblich sich vorzustellen, welche unglaublichen Gewalten nötig gewesen waren, um dieses Schiff zu versenken, noch dazu in so kurzer Zeit. Es war eine der schlimmsten Katastrophen der Seefahrt gewesen, der die TITANIC zum Opfer gefallen war; zusammen mit den allermeisten ihrer Passagiere und dem Großteil der Besatzung.

Das Gespenstische war, dass das Schiff kaum beschädigt zu sein schien. Der gewaltige Riss, der den Rumpf fast auf halber

Länge aufgerissen hatte, war von ihrer Position aus nicht zu sehen. Einer der Schornsteine war abgerissen, als das Schiff sank, ein Teil der Reling verschwunden und einige Aufbauten durcheinander gewirbelt, aber ansonsten wirkte das Schiff beinahe unversehrt. Es gehörte nur ein wenig Fantasie dazu, sich vorzustellen, dass es sich plötzlich vom Meeresgrund heben und seinen Weg fortsetzen würde, als wäre nichts geschehen.

»Unheimlich«, flüsterte Ben in die Stille hinein, die von ihnen allen Besitz ergriffen hatte. Mike schätzte, dass sie seit etwa zehn Minuten hier standen und das Schiff anstarrten, wenn nicht länger.

»Was ist unheimlich?«, fragte Chris.

»Das Schiff«, antwortete Ben. »Ich frage mich, wo all die Toten sind. Es waren doch über tausend.«

Mike fand die Bemerkung höchst überflüssig, aber Trautman antwortete trotzdem. »Die, die an Deck waren, hat die Strömung weggetragen. Aber die meisten waren wohl unter Deck.«

»Und da sind sie wohl noch«, fügte Ben finster hinzu. »Ich verstehe. Das kann ja heiter werden.«

Mike sah ihn fast wütend an. Ben sprach nur aus, was sie alle wussten – nämlich dass die Aufgabe, hinüber zu dem Wrack zu gehen und seine Ladung zu bergen, wahrscheinlich das Schlimmste werden würde, was sie jemals erlebt hatten –, aber er hätte viel darum gegeben, diesen Gedanken wenigstens noch für ein paar Minuten verdrängen zu können.

»Mich kriegen jedenfalls keine zehn Pferde dort rüber«, fuhr Ben nach einigen Sekunden fort. Er schüttelte sich.

»Das ist auch nicht nötig«, sagte Trautman. »Singh und ich werden gehen. Wir haben schon alles besprochen.«

Niemand protestierte. Mike gehörte normalerweise nicht zu denen, die sich drückten, wenn es Arbeit zu tun gab, aber in diesem Fall war er sehr froh, dass ihm diese unangenehme Aufgabe erspart blieb. Die Vorstellung, durch ein Schiff voller Toten zu schwimmen, war einfach entsetzlich. Er warf Trautman einen raschen, dankbaren Blick zu.

Doch es sollte anders kommen. Mike schrak aus seinen Betrachtungen hoch, als er das Geräusch der Tür hörte, und drehte den Kopf. Es war Yasal, der hereinkam. Er tauschte einen raschen Blick mit seinem Bruder, dann ging er mit schnellen Bewegungen auf sie zu und deutete nacheinander auf Singh und Mike.

»Was soll das?«, fragte Trautman.

Yasal wiederholte seine Geste mit sichtbarer Ungeduld. »Ich glaube, er will, dass wir ihn begleiten«, sagte Singh. »Wir? Aber ... aber wieso denn?« Mike spürte, wie ihm ein eisiger Schauer über den Rücken lief. Er hatte das unangenehme Gefühl, die Antwort auf seine Frage zu kennen.

»Gehen wir besser«, sagte Singh, aber Trautman fiel ihm in den Arm.

»Wartet«, sagte er. Dann wandte er sich an Yasal. »Nehmt mich. Der Junge kann euch nicht helfen. Ich begleite euch.«

Zum ersten Mal, seit Mike die beiden unheimlichen Beduinen kennen gelernt hatte, antwortete einer von ihnen direkt auf eine Frage; wenn auch nur mit einem heftigen Kopfschütteln und einer neuerlichen, diesmal befehlenderen Geste in seine Richtung.

Trautman wollte erneut auffahren, aber Mike war schneller. »Schon gut«, sagte er. »Ich gehe mit. Ich glaube nicht, dass er mir etwas tun will.«

»Das gefällt mir nicht«, knurrte Trautman.

Mir auch nicht, dachte Mike niedergeschlagen. Er ersparte es sich, das laut auszusprechen. Erneut überkam ihn eine Gefühl der Ohnmacht, das auf seine Weise fast schlimmer war als die Furcht, die er vorhin verspürt hatte. Aber er folgte Yasal wortlos, ebenso wie Singh.

Sie verließen den Salon und stiegen die kurze Treppe in den unteren Laderaum der NAUTILUS hinab. Yasal und Hasim hatten sich in den letzten Tagen oft hier zu schaffen gemacht, ihnen aber nicht gestattet, diesen Teil des Schiffes zu betreten, und jetzt sah Mike auch, warum: Sie hatten den großen Laderaum vollkommen ausgeräumt und eine sonderbare Konstruktion aus dünnen, silberfarbenen Metalldrähten errichtet, die eine Art Wabenmuster bildete und den vorhandenen Raum fast vollkommen beanspruchte. Der verbleibende Platz reichte gerade aus, um sich hindurchzuquetschen.

»Cheops scheint über eine Menge Schätze verfügt zu haben«, sagte Mike in dem schwachen Versuch, einen Scherz zu machen. Singh sah ihn nur irritiert an und Mike bereute seine Worte. Im Grunde wussten sie alle längst, dass die Ladung, die sie aus der TITANIC bergen sollten, bestimmt nicht aus Gold und Silber bestand. Aber er hatte plötzlich das immer stärker werdende Gefühl, dass sie vielleicht noch viel fantastischer und bizarrer war, als er sich bisher auch nur hatte träumen lassen ...

Aus Mikes unguter Vorahnung wurde Gewissheit, als sie ihr

Ziel erreichten: die Bodenschleuse der NAUTILUS, eine kleine Tauchkammer, die gerade groß genug für zwei Personen war. Yasal machte eine entsprechende Geste, hineinzugehen, aber Mike schüttelte entschieden den Kopf.

»Ich bin doch nicht wahnsinnig!«, sagte er. »Du weißt nicht, was du da verlangst! Die Taucheranzüge sind nicht für diesen Wasserdruck –«

Yasal schnitt ihm mit einer herrischen Geste das Wort ab und Mike gab auf. Er war nicht einmal sicher, ob seine Behauptung tatsächlich der Wahrheit entsprach. Die Taucheranzüge, über die die NAUTILUS verfügte, waren der übrigen menschlichen Technik ebenso überlegen wie das Schiff selbst. Aber sie hatten sie niemals in dieser Tiefe ausprobiert und Mike hatte auch keine Lust, am eigenen Leib herauszufinden, ob sie wirklich für einen Spaziergang in mehr als zweitausend Meter tiefem Wasser geeignet waren.

Yasal interessierte sich wenig dafür, wozu er Lust hatte oder nicht. Er wiederholte seine Aufforderung ein drittes Mal – und diesmal auf eine Weise, die eindeutig drohend wirkte – und Singh und er gaben auf. Hintereinander quetschten sie sich in die kleine Tauchkammer und halfen sich gegenseitig dabei, die klobigen Anzüge anzulegen und die Sauerstoffflaschen zu montieren. Kurz bevor er das schwere Panzerschott über ihnen schloss, bedeutete Yasal ihnen, draußen auf ihn zu warten; die Kammer war nicht groß genug, um zu dritt hindurchzugehen.

»Witzbold«, murmelte Mike. »Was denkt er denn, wo wir hingehen werden?«

»Irgendetwas stimmt mit den Anzügen nicht«, erklang Singhs Stimme in Mikes Helm.

Mike erschrak. »Wie?«

»Ich weiß auch nicht, was, aber irgendwie ...« Singh suchte hörbar nach Worten. »Sie haben etwas damit gemacht. Vielleicht haben sie sie verändert, damit sie den Druck in dieser Tiefe aushalten.«

Mike hoffte es inständig. Während das Wasser rings um sie herum allmählich höher zu steigen begann, versuchte er Singhs Anzug durch die Sichtscheibe seines Helmes genauer zu mustern. Ihm fiel kein Unterschied an den klobigen Anzügen auf, die jede Bewegung zu einer bewussten Anstrengung machten. Die runde Scheibe in dem schweren Messinghelm verlieh seinem Träger etwas Zyklopenhaftes. Dann fiel Mike doch etwas auf. Über dem schwarzen, gummiähnlichen Material, aus dem der gesamte Anzug gefertigt war, war plötzlich ... noch etwas. Mike konnte es in dem schwachen Licht im Inneren der Schleusenkammer nicht richtig erkennen, aber es schien etwas, wie ein feines, mattschwarzes Netz zu sein.

»Unsere Freunde waren ziemlich fleißig, scheint mir«, sagte er.

»Ja. Und ich bete, dass sie gewusst haben, was sie tun«, antwortete Singh.

Das Wasser stieg rasch höher. Mittlerweile reichte es Mike bereits bis zur Hüfte. Er spürte die Kälte selbst durch das dicke Material des Taucheranzuges hindurch, aber von dem erwarteten Druck, der ihn eigentlich auf der Stelle hätte zermalmen müssen, war nichts zu fühlen. Das Wasser stieg höher, erreichte seine Schultern und überspülte schließlich seinen Helm. Nichts.

Was immer Hasim und Yasal mit den Anzügen getan hatten, es wirkte.

Als die Kammer geflutet war, schalteten sie ihre Scheinwerfer ein und verließen die NAUTILUS durch die Bodenschleuse. Im ersten Moment umgab sie vollkommene Schwärze, in der selbst die beiden starken Scheinwerferstrahlen dünn und verloren wirkten, denn es gab nichts, worauf sie sie hätten richten können. Dann aber folgte er Singh aus dem Schatten der NAUTILUS heraus und jetzt sahen sie das gigantische Schiff, das im Licht der großen Bugscheinwerfer des U-Bootes über ihnen emporragte.

Von hier aus betrachtet wirkte es noch gigantischer als aus der vermeintlichen Sicherheit des Salons heraus. Das Schiff schien jetzt tatsächlich zu einem Berg geworden zu sein, wenn auch zu einem stählernen, von Menschenhand gemachten Berg, der vierzig, fünfzig oder auch mehr Meter über ihnen emporragte und sich zu beiden Seiten weiter in die ewige Nacht des Meeresgrundes hinein erstreckte, als das Licht der Scheinwerfer reichte. Es war genau wie oben im Salon: Singh und er standen einfach stumm da und blickten das Schiff an, ohne sich zu rühren.

Ein sonderbares Gefühl überkam Mike, als sein Blick über die mehr als mannsgroßen Buchstaben glitt, die den Namen des Schiffes bildeten. TITANIC. Das Schiff *war* ein Titan. Es war der Stolz der Weltmeere gewesen – oder hätte es werden sollen, denn die Katastrophe hatte es bereits auf seiner Jungfernfahrt heimgesucht – und es hatte als unsinkbar gegolten. Er fragte sich, ob einer der Gründe für die Katastrophe vielleicht die

Anmaßung war, die in diesem Namen und diesem Schiff lag; eine Herausforderung an die Gewalten der Natur selbst, sich dem Willen des Menschen unterzuordnen.

Was für ein sonderbarer Gedanke. Er lächelte flüchtig darüber und rief sich selbst in die Wirklichkeit zurück, als Singh ihn an der Schulter berührte und auf die NAUTILUS deutete. Die Schleusenkammer öffnete sich wieder und Yasal erschien.

Mike hätte beinahe aufgeschrien.

Nach allem bisher Erlebten hatte er geglaubt, dass ihn nichts mehr überraschen könnte, was mit Yasal und seinen Brüdern zusammenhing, aber das stimmte nicht. Yasal trat mit einem raschen Schritt aus der Schleuse. Sein schwarzes Gewand wehte in der Strömung wie in einem unsichtbaren Wind.

Er trug keinen Taucheranzug.

Für ein paar Sekunden weigerte sich Mike einfach zu glauben, was er sah.

Sie befanden sich mehr als zweitausend Meter tief unter Wasser. Der Druck hier unten war so gigantisch, dass er selbst einen Panzerwagen zerquetscht hätte wie eine Konservendose, aber Yasal trug noch immer seinen schwarzen Burnus. Weder einen Anzug noch einen Helm oder gar eine Sauerstoffflasche.

»Das ist nicht möglich«, flüsterte Mike. »Ich ... ich träume!«

»Wenn, dann träumen wir denselben Traum«, sagte Singh. Seine Stimme klang seltsam tonlos. Was er sah, schockierte ihn offensichtlich ebenso wie Mike.

»Aber wie ... wie kann denn das sein?«, flüsterte Mike fassungslos. »Er muss doch atmen. Und der Druck ...«

Singh sagte nichts, und warum auch? Mike wusste die Antwort auf seine eigene Frage ja selbst.

Was er schon seit einer geraumen Weile insgeheim vermutet hatte – jetzt war es zur Gewissheit geworden.

Yasal und seine beiden Brüder waren keine Menschen.

Sie brauchten eine gute halbe Stunde, um in die TITANIC hineinzugelangen. Die Anzüge schützten sie zwar zuverlässig vor dem Wasserdruck, aber sie machten jede Bewegung zu einer riesigen Anstrengung und an Schwimmen war darin gar nicht zu denken, sodass sie ein ganzes Stück weit an dem Schiff entlanggehen mussten, ehe sie endlich einen Zugang fanden – das Ende des gewaltigen Risses, der den Rumpf gespalten hatte. Er lag gerade noch im Bereich der Scheinwerferstrahlen der NAUTILUS und hier sahen sie die Zerstörung, die sie bisher vermisst hatten: Die fast zehn Zentimeter dicken Stahlplatten, aus denen der Rumpf der TITANIC gefertigt war, waren zerrissen wie dünnes Pergament und die dahinter liegenden Räume bildeten ein einziges, gewaltiges Chaos aus Trümmern und zermalmtem Metall.

Mikes Blick tastete sich an der klaffenden Wunde im Leib der TITANIC entlang, bis er sich in der Dunkelheit verlor. Seine Gedanken von gerade schossen ihm noch einmal durch den Kopf. Ob es nun eine höhere Gerechtigkeit gewesen war oder nur ein Zufall – der Anblick dieser unvorstellbaren Zerstörung machte ihm wieder einmal klar, wie gewaltig die Kräfte der Natur waren. Ganz egal, zu welchen technischen Leistungen die Menschheit einst vielleicht in der Lage sein würde, gegen die

Gewalten der Natur würde sie immer ein Nichts bleiben. Seltsamerweise erschreckte ihn dieser Gedanke jedoch nicht, sondern beruhigte ihn eher; auch wenn er selbst nicht sagen konnte, warum.

»Dort drüben können wir hinein.« Singh berührte ihn an der Schulter und deutete mit der anderen Hand auf Yasal, der bereits ein Stück vorangegangen war und auf eine Stelle zuhielt, an der die TITANIC weit genug in den Schlamm eingesunken war, dass der Riss fast den Boden berührte. Mike schauderte erneut. Auch nach einer halben Stunde war der Anblick des Beduinen, der mit wehendem Gewand vor ihnen über den Meeresboden marschierte, noch so unwirklich wie zuvor. Aber er folgte Singh und Yasal wortlos und so schnell er konnte.

Trotz allem wurde es eine anstrengende Kletterei, ins Innere des Schiffes zu kommen. Der Riss war auch hier hoch genug, um bequem hindurchzuklettern, aber Mike musste aufpassen, seinen Anzug nicht an den scharfen Metallkanten zu beschädigen, und jeder weitere Schritt in das Schiff hinein wurde zu einem lebensgefährlichen Abenteuer. Der Boden stand ein wenig schräg, sodass er aufpassen musste, nicht die Balance zu verlieren, und war mit Trümmerstücken nur so übersät. Das Schiff war beinahe im Neunzig-Grad-Winkel gesunken, ehe es auf dem Meeresgrund aufgeschlagen war, und bei der höllischen Fahrt in die Tiefe war alles, was nicht niet- und nagelfest war, losgerissen und durch das Wasser gewirbelt worden. Überall lagen zerborstene Möbel, losgerissene Türen und zertrümmerte Maschinenteile. Sie durchquerten einige Räume, in denen sie regelrecht über Trümmerberge hinwegklettern mussten, und einmal mussten sie sogar ein Stück des Weges zurückgehen, weil es einfach kein Durchkommen gab.

Und trotz allem schien Yasal mit traumwandlerischer Sicherheit seinen Weg zu finden. Mike hatte den sicheren Eindruck, dass er noch viel schneller gewesen wäre, hätte er nicht auf sie Rücksicht genommen. Er begann sich allmählich zu fragen, warum sie überhaupt hier waren – wie die Dinge bisher lagen, behinderten sie Yasal eher, statt ihm zu helfen.

»Das ist seltsam«, sagte Singh plötzlich.

»Was ist seltsam?«

Singh schwieg einen Augenblick. »Erinnert Ihr Euch, Herr«, sagte er dann. »Wir haben vorhin darüber gesprochen: die Toten. Die ertrunkenen Passagiere und die Besatzung.«

Und ob sich Mike daran erinnerte. Erneut fröstelte ihn und diesmal lag es eindeutig nicht an der eisigen Kälte, die allmählich durch seinen Anzug zu kriechen begann. Er sah sich um, fast als rechne er damit, ganze Legionen von Toten durch das klare Wasser auf sich zutreiben zu sehen.

»Wo sind sie alle?«, fragte Singh.

Mike blickte ihn verwirrt an – und riss plötzlich die Augen auf. Singh hatte Recht. Sie waren bereits tief in den Rumpf des Schiffes eingedrungen und durchquerten gerade etwas, was vielleicht einmal ein Speisesaal gewesen war, aber sie hatten bisher keinen einzigen Leichnam gesehen!

»Vielleicht ... vielleicht sind sie abgetrieben worden«, sagte er stockend.

»Hier drinnen gibt es keine Strömung.«

Mike ersparte es sich, seinen zweiten Gedanken auszusprechen: nämlich dass die Toten einfach von Raubfischen gefressen worden waren. Sie hatten bisher nicht einmal eine Spur von Leben gesehen, geschweige denn einen Raubfisch.

»Unheimlich«, murmelte er. Aber zugleich war er auch erleichtert. Ihr Ausflug in dieses gigantische Wrack war schlimm genug, aber vielleicht blieb ihnen das Allerschlimmste erspart. Aber die Sache war sehr rätselhaft.

Und es blieb dabei. Sie durchquerten den Saal und stiegen eine große Treppe hinab, folgten Yasal durch eine vollkommen verwüstete Küche und anschließend drei, vier weitere Räume, deren ursprünglicher Bestimmungszweck nicht einmal mehr zu erraten war, aber sie fanden keine Toten. Es war, als wäre das Schiff leer gewesen, als es sank.

Oder als hätte jemand die Toten geholt.

Schließlich betraten sie die Laderäume des Schiffes. Das Chaos war hier noch wesentlich größer, sodass es bald selbst Yasal schwer fiel, einen Weg für sie zu finden. Mike sah immer öfter auf die Uhr. Der Sauerstoffvorrat in ihren Anzügen war nicht unbeschränkt. Sie hatten die Hälfte davon fast verbraucht und würden sich bald auf den Rückweg machen müssen.

Gerade als er zu überlegen begann, wie er Yasal auf diesen Umstand aufmerksam machen könnte, erreichten sie ihr Ziel. Sie hatten einen völlig verheerten Lagerraum voller großer, fast ausnahmslos aufgeplatzter Kisten durchquert und vor ihnen lag ein großes metallenes Tor, offensichtlich der Durchgang zu einem weiteren Lager. Yasal gebot ihnen mit einer entsprechenden Geste, zurückzubleiben, und machte sich allein einen Moment lang daran zu schaffen. Mike konnte nicht genau erkennen, was er tat, aber plötzlich blitzte ein grelles weißes Licht auf und schon im nächsten Augenblick öffnete sich die Tür einen Spaltbreit –

– und Singh und er hatten ihre liebe Mühe, sich auf den Beinen zu halten. Ein ungeheurer Sog ergriff sie mit einem Mal und zerrte sie auf die Tür zu. Mike griff haltsuchend um sich, fand irgendetwas, woran er sich klammern konnte, und sah aus den Augenwinkeln, dass es Singh nicht besser erging. Es dauerte nur einige wenige Sekunden, bevor sich das tobende Wasser wieder beruhigte, aber diese Sekunden beanspruchten seine gesamte Kraft.

»Was ... was war denn das?«, keuchte er, als es endlich vorbei war und er es vorsichtig wagte seinen Halt loszulassen.

»Der Lagerraum muss noch voller Luft gewesen sein«, antwortete Singh. »Yasal hat irgendwie die Tür aufgesprengt.«

Mit klopfendem Herzen bewegte sich Mike auf die Tür zu, die nun weit offen stand. Er fragte sich, was sie dahinter finden würden – Kisten voller Schätze, wie Trautman und Ben anzunehmen schienen, oder etwas ganz, ganz anderes?

Das Erste, was er im Licht seines Scheinwerfers sah, war ein Ballen weißer Stoff. Er war durch den plötzlichen Wassereinbruch offensichtlich losgerissen worden und wirbelte sich überschlagend durch den Raum und es war nicht der einzige. Hier und da trieben weitere der gut mannslangen, weißen Bündel dahin und auf dem Boden stapelten sich gleich dutzende, wenn nicht hunderte der sonderbaren Gebilde.

Mike ließ den Strahl seines Scheinwerfers ein paar Mal durch den Lagerraum gleiten, der fast die Abmessungen einer kleinen

Turnhalle hatte. Ein Teil der verbliebenen Luft hatte sich unter der Decke gesammelt und bildete einen silbernen Himmel aus Millionen zerbrochener Halbmonde. Das und die weißen Ballen waren die einzigen Dinge, die sich in dem Raum befanden.

»Was ist denn das?«, fragte Mike. »*Das* soll der Schatz der Cheopspyramide sein?«

Singh schwieg. Er bewegte sich schwerfällig weiter in den Raum hinein und wollte sich nach einem der Ballen bücken, aber er kam nicht dazu, die Bewegung zu Ende zu führen. Yasal war mit einem blitzschnellen Schritt neben ihm und riss ihn so grob zurück, dass er fast die Balance verloren hätte.

»Ja«, sagte Mike säuerlich. »Kein Zweifel. Das *ist* der Schatz.«

Während Singh mit wild rudernden Armen sein Gleichgewicht wieder fand, ließ sich Mike behutsam in die Hocke sinken, um einen der seltsamen »Stoffballen« genauer in Augenschein zu nehmen. Yasal beobachtete ihn misstrauisch, versuchte aber nicht ihn davon abzuhalten. Offensichtlich wollte er nur nicht, dass sie die Bündel berührten.

Mike sah jetzt, dass ihn sein erster Eindruck getäuscht hatte. Es war kein Stoffballen und es war auch nicht rund, wie es ein solcher gewesen wäre, sondern sechseckig. Wo hatte er diese Form schon einmal gesehen? Außerdem war es gar kein Stoff.

Es war ...

Mike suchte vergeblich nach einer Bezeichnung für das, was er sah. Es ähnelte nichts, was er jemals zu Gesicht bekommen hatte. Mal schimmerte es wie Metall, dann schien es wie Stoff zu sein, etwas wie ein unendlich feines Gespinst vielleicht, gegen das selbst die kostbarste Seide wie grobes Sackleinen erschienen wäre, und es wirkte zugleich sehr zerbrechlich wie äußerst massiv. Nach dem, was Singh widerfahren war, wagte er es nicht, es zu berühren, aber er war sicher, dass dieser sonderbare Kokon so stabil wie Stahl war.

»Das muss es sein, wonach sie gesucht haben«, sagte er überflüssigerweise. »Es scheint nicht beschädigt zu sein. Offensichtlich ist der Laderaum luftdicht geblieben. Die ganze Zeit über. Was ... was kann das sein?«

»Ich habe keine Ahnung«, sagte Singh. »Aber ich frage mich, wie wir es an Bord der NAUTILUS bekommen sollen.«

Mike sah ihn fragend an.

»Wir haben fast eine Stunde gebraucht, um hierher zu kommen«, antwortete Singh mit einer erklärenden Geste. »Und wir brauchen garantiert länger für den Rückweg, selbst wenn diese Bündel so leicht sind, wie es scheint. Wisst Ihr, wie viele es sind?«

Mike sah sich ratlos um und schüttelte den Kopf. »Sehr viele«, sagte er kleinlaut. »Dutzende.«

»Wohl eher hunderte«, verbesserte ihn Singh. »Wir würden Wochen brauchen, um sie alle auf die NAUTILUS zu schaffen. Und so viel Zeit haben wir nicht.«

Mike gestand sich ein, dass er auf diesen Gedanken noch gar nicht gekommen war. Bisher waren sie ja immer davon ausgegangen, nur einige Kisten aus dem Wrack der TITANIC holen zu müssen; eine Aufgabe, die mit zwei oder drei Expeditionen hier herunter sicher zu bewältigen gewesen wäre. Aber das hier ...

»Das ist unmöglich!«, sagte er überzeugt.

Singh nickte betrübt. Die Bewegung war hinter der Scheibe seines Helmes kaum zu erkennen, aber sie versetzte Mike trotzdem einen gewaltigen Schrecken. Seine Worte hatten keinen anderen Sinn gehabt, als Singh widersprechen zu lassen. Er hatte einfach vorausgesetzt, dass der Inder wie immer schon einen Ausweg parat haben würde. Diesmal schien es nicht der Fall zu sein. Und das bedeutete, dass sie ihre Aufgabe unmöglich in der ihnen zur Verfügung stehenden Zeit bewältigen konnten.

Und das wiederum bedeutete, dass er Serena und Astaroth niemals wieder sehen würde.

Verzweifelt sah er hoch und blickte sich nach Yasal um. Er entdeckte den Beduinen an der gegenüberliegenden Seite des Raums. Yasal hatte vor der Wand Aufstellung genommen und beide Arme in einer seltsamen, beinahe beschwörend anmutenden Geste erhoben. Er stand vollkommen reglos da.

»Was tut er da?«, murmelte Mike. Es sah beinahe aus, als wolle Yasal die Wand ... beschwören? »Was um alles in der Welt –«

Mike brach ab und schloss geblendet die Augen, aber es nutzte nicht viel. Zwischen Yasals Fingern war jäh ein grelles, bläulich weißes Licht aufgeflammt; ein Schein, ganz ähnlich dem, den sie gerade beobachtet hatten, als er die Tür aufsprengte, nur ungleich heller. So rasch es in dem schwerfälligen Anzug möglich war, hob Mike beide Hände vor das Sichtfenster und wandte sich ab. Trotzdem blitzte und funkelte es weiterhin so grell und schmerzhaft vor seinen Augen, dass er absolut nichts sehen konnte. Erst nach einer ganzen Weile wagte er es wieder, den Kopf zu heben und vorsichtig in die Richtung zu blinzeln, wo Yasal gestanden hatte.

Er war noch immer da, aber die Wand vor ihm war zum größten Teil verschwunden.

Im ersten Moment glaubte Mike, seine geblendeten Augen würden ihm einen Streich spielen. Er blinzelte ein paar Mal, aber es blieb dabei: Genau dort, wo der Beduine stand, gähnte ein gut zweieinhalb Meter messendes, kreisrundes Loch in der massiven Stahlwand des Rumpfes, dessen Ränder noch dunkelrot glühten. Kochendes Wasser und silberne Luftblasen stoben in einem wilden Sog nach draußen.

»Er ... er hat ein Loch in die Wand gebrannt!«, murmelte Mike fassungslos. »Aber ... aber wie hat er das gemacht? Er hat doch nichts mit hierher gebracht. Ich meine, kein Werkzeug, kein ...« Er sprach nicht weiter. Offensichtlich verfügte Yasal – und sicher auch Hasim – über Fähigkeiten und Kräfte, die an Zauberei grenzten.

Yasal winkte ihnen zu und bückte sich dann nach einem der weißen Kokons. Ohne sichtbare Anstrengung hob er ihn hoch und versetzte ihm einen sachten Stups, sodass er durch das Loch in der Schiffswand hindurchglitt und sich draußen sanft auf den Meeresgrund herabsenkte. Eine Wolke aus beigeweißem Sand stob hoch und verteilte sich in weitem Umkreis im Wasser, ehe sie wieder zu sinken begann. Yasal deutete auf die übrigen Ballen, drehte sich dann herum und sprang nach draußen.

»Das war deutlich«, sagte Singh. »Offenbar hat er nichts mehr dagegen, dass wir die Dinger anfassen. Kommt, Herr – beeilen wir uns.«

Mike und er machten sich wortlos an die Arbeit. Sie konnten von hier aus die NAUTILUS sogar sehen. Das Schiff lag wie ein stählerner Riesenfisch nicht weit entfernt, allerdings so, dass ihre Position und das, was sie taten, vom Salon aus oder auch vom

Turm, der ja ebenfalls über Fenster verfügte, nicht zu sehen war. Mike glaubte keine Sekunde lang daran, dass das Zufall war.

Sie bugsierten ein knappes Dutzend der sechseckigen, weißen Behältnisse nach draußen, ehe Yasal ihnen bedeutete, dass es genug war, dann verließen sie die TITANIC auf dieselbe Weise wie der Beduine zuvor. Yasal musste sie nicht eigens auffordern, jeweils eines der Bündel zu nehmen und zur NAUTILUS zu tragen. Zumindest dieser Teil der Bergungsaktion war Singh und Mike vollkommen klar. Mike war mittlerweile sicher, dass Yasal jeden Schritt und jeden Handgriff, den sie taten, genau vorausgeplant hatte.

Sie trugen die drei Behälter zur NAUTILUS und verstauten sie aufrecht nebeneinander in der Schleusenkammer, dann kehrten sie zurück, um die nächsten drei zu holen, und noch einmal und schließlich ein letztes Mal. Nachdem sie den Weg insgesamt viermal zurückgelegt hatten, bedeutete ihnen Yasal, dass es genug sei.

Mike konnte ihm nur beipflichten. Während sie darauf warteten, dass das Schleusentor sich wieder öffnete und sie selbst an Bord der NAUTILUS gehen konnten, sah er nervös auf die Uhr. Seiner Schätzung nach konnte der Sauerstoffvorrat in ihren Flaschen allerhöchstens noch für ein paar Minuten reichen.

Ihre Nerven wurden auf eine harte Probe gestellt. Es schien endlos zu dauern, bis die Schleuse erneut geöffnet wurde, und noch länger, bis sie sich hineingequetscht hatten und das Wasser abzufließen begann. Die Luft, die in Mikes Helm strömte, war jetzt schlechter geworden; sie schmeckte bitter und verbraucht. Er wartete gerade so lange, bis das Wasser bis an seine Schultern abgesunken war, ehe er sich mit einer hastigen Bewegung den Helm vom Kopf riss und gierig ein- und ausatmete.

»Das war knapp«, keuchte er. »Noch eine Minute länger, und ich wäre erstickt. Mein Sauerstofftank ist vollkommen leer.«

»Meiner auch«, sagte Singh. Auch er hatte den Helm abgenommen, wenn auch wesentlich langsamer als Mike.

»Unsere Freunde stellen unser Glück ganz schön auf die Probe«, sagte Mike übellaunig. »Knapp vorbei ist zwar auch daneben, aber irgendwie habe ich keine Lust, ständig zu beten, dass es gerade noch einmal gut gehen könnte.«

Singh sah ihn auf sonderbare Weise an. »Ich glaube nicht, dass das etwas mit Glück zu tun hat«, sagte er.

Mike schwieg. Wahrscheinlich hatte Singh Recht.

Sie warteten, bis das Wasser völlig abgeflossen war, dann öffneten sie die obere Luke, kletterten vollends ins Schiff zurück und begannen aus den Anzügen zu steigen. Nach einigen Augenblicken erschien Hasim und half ihnen. Mike ließ es widerspruchslos geschehen, obwohl ihm die Nähe des Beduinen jetzt mehr denn je unangenehm war. Aber er war viel zu erschöpft, um Einspruch zu erheben, und außerdem waren seine Finger so steif gefroren, dass er Mühe hatte, sie überhaupt noch zu bewegen, geschweige denn richtig zu benutzen. Erst jetzt, als sie wieder im Schiff waren, spürte er wirklich, wie kalt das Wasser gewesen war.

Als sie in den Laderaum zurückkehrten, erlebte er eine weitere Überraschung. Hasim war während ihrer Abwesenheit nicht untätig gewesen. Er hatte die zwölf Behälter, die sie aus der

TITANIC geborgen hatten, in den Laderaum geschafft und verstaut, und jetzt sah Mike endlich, welche Bewandtnis es mit der sonderbaren Wabenkonstruktion hatte, die die beiden Brüder in den letzten Tagen hier unten aufgestellt hatten: Sie entsprachen genau der Form der Kokons. Die seltsamen Behälter passten so genau in die Gestelle, dass sie wahrscheinlich eine geschlossene Wand zu beiden Seiten bilden würden, wenn sie alle an Bord waren.

Mikes Mut sank jedoch, als er sah, wie viele dieser Waben noch leer waren. Drüben, im Bauch der TITANIC, war die Zahl der Behälter unmöglich zu schätzen gewesen, aber jetzt sah er, dass es tatsächlich noch hunderte sein mussten, und er fragte sich wieder, was sie wohl enthielten.

»Keine Toten?«, fragte Ben ungläubig. »Ganz bestimmt kein einziger?«

Mike schloss zitternd die Hände um die Tasse mit brühheißem Tee, die Trautman ihm gebracht hatte. Seine Finger waren noch immer taub, aber die Wärme tat gut und er fror jetzt nicht mehr ganz so erbärmlich wie vorhin.

»Nein, nicht einen«, antwortete er. »Ich bin froh, dass wir keinen gefunden haben. Nach vier Jahren bieten sie bestimmt keinen sehr schönen Anblick.«

»Darum geht es nicht«, sagte Trautman. Er schüttelte den Kopf, setzte sich neben Ben und sah Mike sehr ernst an. »Ben hat Recht, weißt du? Irgendetwas stimmt hier nicht.«

Was für eine scharfsinnige Bemerkung, dachte Mike, hütete sich aber, diesen Gedanken laut auszusprechen.

»Und ihr habt keine Ahnung, was in diesen Bündeln ist?«, fragte Juan.

Mike schüttelte den Kopf. »Nein. Und ich werde auch bestimmt nicht nachsehen, wenn du darauf anspielst. Yasal hätte Singh fast den Arm abgerissen, als er eines der Dinger auch nur angefasst hat.«

»Mike übertreibt«, sagte Singh und trank einen Schluck Tee. »Aber er hat trotzdem Recht – was immer in diesen Behältern ist, es muss für die Schwarze Bruderschaft von großem Wert sein. Ich glaube nicht, dass sie uns gestatten, einen davon zu öffnen.«

»Und es wäre auch nicht empfehlenswert, es heimlich zu tun«, fügte Mike mit einem Blick in Bens Richtung hinzu. »Ganz davon abgesehen, dass es dir kaum gelingen dürfte.«

Ben machte ein beleidigtes Gesicht. »Du unterschätzt mich mal wieder, scheint mir.«

»Nein«, sagte Singh. »Aber du unterschätzt Yasal und Hasim, Ben. Die beiden sind ...« Er suchte einen Moment lang nach Worten, zuckte schließlich mit den Achseln und trank einen weiteren Schluck Tee, ehe er fortfuhr: »Auf jeden Fall nicht das, wofür wir sie bisher gehalten haben.«

»Wofür habt ihr sie denn gehalten?«, wollte Chris wissen.

Darauf antwortete niemand, aber Mike musste plötzlich wieder an das denken, was Astaroth über den Fahrer des Lastwagens gesagt hatte – bei dem es sich ja um niemand anderen als Sulan, den dritten der Schwarzen Bruderschaft gehandelt hatte. *Es war, als ob er überhaupt nicht gedacht hätte.*

Das war natürlich vollkommener Unsinn – es gab kein lebendes Wesen, das *nicht dachte* –, aber die bloße Erinnerung daran jagte Mike trotzdem schon wieder einen kalten Schauer über den Rücken.

»Wahrscheinlich handelt es sich auch bei dem Schatz um etwas völlig anderes, als wir bisher angenommen haben«, knüpfte Trautman nach einer Weile an Singhs Worte an. »Ich möchte zu gerne wissen, was es ist. Nicht aus Neugier«, fügte er verteidigend hinzu, als Mike ihn fast betroffen ansah. »Aber es könnte sein, dass es sehr wichtig für uns wird.«

»Wieso?«

»Noch sind wir nicht zurück«, gab Trautman zu bedenken. »Selbst wenn wir Tag und Nacht arbeiten, brauchen wir wahrscheinlich Tage, um alle Behälter zu verladen, wenn es wirklich so viele sind, wie ihr sagt. Und dann kommt noch die Rückfahrt. Er schüttelte seufzend den Kopf. »Ich will ja nicht unken, aber ich habe Zweifel, dass wir es schaffen. Und ihr wisst, was passiert, wenn wir die Frist nicht einhalten.«

Seltsamerweise beunruhigte Mike diese Vorstellung kaum. Nach alledem, was er heute mit Yasal und seinem Bruder erlebt hatte, war er ziemlich sicher, dass die beiden auch dies einkalkuliert hatten. »Wie viel Zeit haben wir noch?«, fragte er.

»Fünf Tage«, antwortete Trautman. »Warum?«

»Fünf Tage. Das wäre der ...« Mike rechnete rasch in Gedanken nach. »Sechzehnte Februar, richtig?«

»Stimmt«, antwortete Trautman. »Weshalb fragst du?«

»Ohne besonderen Grund«, antwortete Mike. »Ich habe überlegt, ob an diesem Datum etwas Besonderes ist.« Da war eine Erinnerung, irgendwo tief in seinem Gedächtnis vergraben. Zu tief, um sie zu erkennen, aber nicht tief genug, um sie ganz zu vergessen. Irgendetwas, was irgendjemand gesagt hatte und das ihm plötzlich wichtig erschien. Aber was nur?

»Oder war?«, fragte Chris.

Mike sah ihn aus aufgerissenen Augen an. »Das ist es!«, sagte er. »Erinnert ihr euch an das, was Lady Grandersmith gesagt hat? *Wir können nicht noch einmal zweihundertfünfzig Jahre warten!* Ich habe es für einen Versprecher gehalten, aber vielleicht war es gar keiner, sondern etwas, was ihr herausgerutscht ist, ohne dass sie es selbst wollte.«

»Zweihundertfünfzig Jahre?« Juan sah ihn kopfschüttelnd an. »Du wirst doch nicht etwa behaupten, dass Yasal und die beiden anderen zweihundertfünfzig Jahre alt sein sollen? Warum nicht gleich fünfhundert?« Er versuchte zu lachen. »Das ist unmöglich. Niemand wird so alt.«

»Jemand, der ohne Atemgerät eine Stunde unter Wasser spazieren gehen kann, vielleicht doch«, sagte Mike. Er zuckte mit den Schultern. »Wer weiß. Wir sollten jedenfalls einmal nachschlagen, was am sechzehnten Februar vor zweihundertfünfzig Jahren war.«

»Das werden wir tun«, sagte Trautman. »Aber du nicht. Du gehst jetzt in deine Koje und schläfst dich gründlich aus.« Er machte eine entschiedene Handbewegung, als Mike protestieren wollte. »Keine Widerrede. Schau in den Spiegel, wenn du mir nicht glaubst. Du bist vollkommen erschöpft und total durchgefroren. Juan und ich werden als Nächste mit Yasal zur TITANIC hinübergehen und dann sehen wir weiter. Vielleicht finden wir ja eine Möglichkeit, den Transport irgendwie zu beschleunigen.«

»Wir könnten einen Flaschenzug bauen«, schlug Juan vor.

»Wie?«, fragte Ben. »Wozu denn das?«

»Um die Behälter auf diese Weise schneller zu transportieren, Schlaumeier«, antwortete Juan spöttisch. »Sie wiegen hier unten kaum etwas, aber nach Mikes Beschreibung sind sie ziemlich unhandlich. Wenn wir ein Seil zwischen der NAUTILUS und der TITANIC spannen und sie daran befestigen, geht es viel schneller.«

»Hm«, machte Ben. Mike konnte ein Grinsen nicht völlig unterdrücken. Juans Idee war geradezu genial und das musste Ben wohl auch einsehen, aber so war er nun einmal – er fand prinzipiell erst einmal nichts gut, was nicht auf seinem Mist gewachsen war.

»Ich frage mich, wieso sie noch nicht darauf gekommen sind«, sagte Singh.

»Vielleicht ist die Idee zu einfach«, witzelte Ben. »Wer weiß – vielleicht sind sie ja nur Spezialisten für Unmögliches.«

Das Gespräch schleppte sich noch eine Weile dahin, aber es fiel Mike immer schwerer, ihm zu folgen. Er spürte erst jetzt richtig, wie anstrengend der Ausflug zur TITANIC hinüber gewesen war, und so stand er schließlich auf, verabschiedete sich von den anderen und ging zu seiner Kabine, um zu tun, was Trautman ihm geraten hatte: sich gründlich auszuschlafen.

Leider wurde es damit nichts. Mike hatte das Gefühl, die Augen noch nicht einmal richtig geschlossen zu haben, als er schon wieder geweckt wurde; von lauten Stimmen, die direkt vor seiner Tür erklangen.

Mike presste stöhnend den Handrücken gegen die Stirn, zählte in Gedanken bis fünf und sah dann auf die Uhr. Er hatte nicht einmal zwei Stunden geschlafen – kein Wunder, dass er fast müder war als zuvor.

Aus rot geränderten Augen blickte er zur Tür. Sie war noch geschlossen, aber das Stimmengewirr wurde lauter. Er konnte die Worte nicht verstehen, aber der Klang war der eines Streites. Was war denn da draußen los?

Benommen richtete er sich vollends auf, schlurfte zur Tür und gähnte ausgiebig. Wahrscheinlich hat Ben wieder einmal über die Stränge geschlagen, dachte er, und nach den letzten Tagen war wohl auch Trautmans sprichwörtliche Geduld nicht mehr ganz so unerschöpflich wie sonst. Er öffnete die Tür –

und vergaß schlagartig seine Müdigkeit.

Es ging nicht um Ben. Er war auch draußen auf dem Gang – wie die gesamte Besatzung der NAUTILUS, einschließlich der beiden Beduinen –, aber Trautman redete in erregtem Ton auf *Yasal* ein, nicht auf Ben oder einen der anderen Jugendlichen.

»Ich lasse das nicht zu!«, sagte er zornig. »Was soll der Unsinn? Juan und ich können genauso gut mitkommen. Wir können euch wahrscheinlich sogar noch besser helfen! Ich habe Erfahrung im Bergen gesunkener Schiffe!«

Yasal ging unerschütterlich weiter und in Mike kam ein vager Verdacht hoch. »Was ist denn hier los?«, murmelte er schlaftrunken.

»Deine Pause ist vorbei«, antwortete Ben, »das ist los. Die beiden wollen anscheinend wieder raus.«

Mike blinzelte. Yasal steuerte geradewegs auf ihn zu und das, zusammen mit Bens Worten und Trautmans sichtlicher Erregung, ließ eigentlich nur einen Schluss zu.

»Das ... das meint ihr doch nicht ernst«, sagte er. »Wir sollen weitermachen? *Jetzt?*« Die bloße Vorstellung, erneut und wahrscheinlich wieder für Stunden in die eisige Schwärze dort draußen hinauszugehen, jagte ihm einen eisigen Schauer über den Rücken.

Yasal blieb einen Meter vor ihm stehen und nickte. Natürlich sagte er nichts.

»Aber ich kann das nicht«, beharrte Mike. »Ich bin völlig erschöpft. Lasst mich wenigstens noch ein paar Stunden ausruhen.«

Yasal machte eine auffordernde Geste, mit der er zugleich auch auf Singh deutete.

»Singh auch?«, murmelte Mike. »Aber der ist genauso fertig wie ich. Wir wären euch keine Hilfe!«

Diesmal beließ es Yasal nicht bei einer Geste. Er packte Mike kurzerhand an der Schulter und zerrte ihn aus seiner Kabine heraus.

»Schon gut, schon gut!«, sagte Mike hastig. Sofort ließ Yasal seine Schulter los, doch allein die Art, wie er es tat, machte Mike klar, dass er sofort wieder zupacken würde, wenn er sich widersetzte.

»Das ist doch Wahnsinn!«, protestierte Trautman. »Ich lasse nicht zu, dass –«

»Lassen Sie's gut sein«, unterbrach ihn Mike resignierend. »Ich gehe mit. Wahrscheinlich werden wir ihn eher behindern als ihm helfen, aber wenn er darauf besteht ...«

Er zog die Tür hinter sich zu, trat neben Yasal und nickte. »Ihr müsst ja wissen, was ihr tut. Wenn ich unterwegs einschlafe, trägst du mich aber zurück, ist das klar?«

Trautman blickte ihn an, als wäre er übergeschnappt, aber Ben lachte leise. »Die beiden scheinen einen echten Narren an euch gefressen zu haben«, sagte er. »Aber keine Sorge – ich komme mit nach unten und helfe dir wenigstens noch den Anzug anzuziehen.«

Doch dazu sollte es nicht kommen. Kurz bevor sie den Laderaum erreichten, blieb Yasal plötzlich stehen, wandte sich um und machte eine befehlende Bewegung mit beiden Armen. Trautman, Ben und die beiden anderen blieben unvermittelt stehen und Trautmans Gesicht verdüsterte sich schon wieder vor Zorn.

»Was hat denn das jetzt wieder zu bedeuten?«, fragte er grollend.

»Ich glaube, sie wollen nicht, dass ihr den Laderaum betretet«, antwortete Singh.

»Wie bitte?«, empörte sich Ben. »He – wem gehört dieses Schiff eigentlich?« Er machte eine herausfordernde Bewegung, wie um Yasal einfach beiseite zu schieben – und fand sich in der nächsten Sekunde mit schmerzverzerrtem Gesicht auf dem Boden wieder. Yasal hatte blitzartig zugestoßen.

»So viel zu deiner Frage«, sagte Mike. »War diese Antwort deutlich genug?«

Er grinste, aber im Grunde war ihm nicht nach Lachen zumute. Sie waren tatsächlich nicht mehr die Herren über ihr eigenes Schiff, aber *daran* hatten sie sich ja schon fast gewöhnt. Was ihn erschreckte, war, dass Yasal es offenbar plötzlich nicht mehr zuließ, dass ein anderer als Singh oder er den Laderaum betrat. Was immer sie aus der TITANIC geborgen hatten, schien für die beiden noch sehr viel kostbarer zu sein, als er ahnte.

»Also gut«, seufzte er. »Bringen wir es hinter uns.«

Sie gingen weiter, durchquerten den Laderaum mit seiner seltsamen Fracht und stiegen mit Yasals Hilfe in die schweren Taucheranzüge. Mike war kein bisschen überrascht, als er feststellte, dass die Sauerstoffflaschen schon wieder gefüllt waren. Und nicht nur das – Yasal und Hasim hatten je eine zusätzliche Flasche an ihren Anzügen angebracht, was wohl bedeutete, dass sie diesmal noch länger draußen bleiben mussten. Aber zumindest blieb ihnen jetzt der kräftezehrende Weg durch das gesamte Wrack erspart.

Sie kletterten in die Schleuse. Während sie darauf warteten, dass das Wasser höher stieg, wäre Mike beinahe eingeschlafen, aber das Wasser war so kalt, dass er regelrecht mit den Zähnen zu klappern begann.

Die Schleuse war komplett geflutet. Mike trat aus dem Schiff heraus, knipste seinen Scheinwerfer an – und erlebte eine gewaltige Überraschung.

Dabei bestand das, was da im weißen Licht des Scheinwerferstrahles schimmerte, bloß aus zwei fingerdicken, aus Metall geflochtenen Drähten, die neben der Schleusentür am Rumpf der NAUTILUS verankert waren und in der ewigen Nacht verschwanden.

Aber es war auch nicht die Konstruktion selbst, die Mike so erschütterte. Es war der Umstand, dass sie da war. Denn was sie vor sich sahen, war nichts anderes als ein Flaschenzug, und zwar ...

»Juans Flaschenzug!« Singh sprach es laut aus. Und so war es: Was sich da vor ihnen in Richtung der TITANIC in die Dunkelheit hinein erstreckte, das war genau die Konstruktion, die Juan vorgeschlagen hatte, um den Transport der Behälter zur NAUTILUS hinüber zu beschleunigen.

Die Konsequenz dieser Entdeckung war ihnen beiden sofort klar, aber diesmal wagte es nicht einmal Singh, den Gedanken in Worte zu kleiden. Yasal und Hasim wussten offenbar über jedes Wort Bescheid, das zwischen ihnen gesprochen wurde. Selbst wenn keiner von ihnen im Raum war. Was wiederum nur eines bedeuten konnte: Sie lasen ihre Gedanken.

Und plötzlich war Mike klar, *warum* Ben und die anderen den Laderaum nicht mehr betreten durften. Yasal wusste genau, dass sie die erste sich bietende Gelegenheit nützen würden, um einen der Behälter zu öffnen und hineinzusehen.

Hasim – der diesmal anstelle von Yasal mit nach draußen gekommen war – bedeutete ihnen ungeduldig loszugehen und sie gehorchten. Direkt unter dem glitzernden Metallseil hindurch marschierten sie zur TITANIC hinüber und kletterten durch die gewaltsam geschaffene Öffnung in den Laderaum. Das andere Ende des Seiles war unter der Decke befestigt worden und Hasim hatte auch eine Anzahl von Haken mitgebracht, die er daran einklinkte; außerdem einige Seilschlaufen. Er demonstrierte Mike und Singh mit knappen Bewegungen, was sie zu tun hatten: nämlich die Kokons in jeweils zwei der Schlaufen hineinzulegen und ihnen einen leichten Stoß zu versetzen, sodass sie an dem schräg gespannten Tau entlang wie an einer Seilbahn zur NAUTILUS hinüberglitten. Mike vermutete, dass Yasal dort drüben wartete, um sie in Empfang zu nehmen.

Obwohl er so müde war, dass ihm jede Bewegung Mühe bereitete, machte er sich unverzüglich an die Arbeit, ebenso wie Singh. Wie es aussah, hatten Yasal und sein Bruder offensichtlich beschlossen, dass nur sie beide an Bord der TITANIC gehen durften, und wenn die Arbeit ohnehin allein an ihnen hängen blieb, konnten sie sie genauso gut so schnell wie möglich erledigen.

Es ging leichter, als er zu hoffen gewagt hatte. Schon nach wenigen Augenblicken fanden sie in einen Rhythmus, als hätten sie diese Art der Arbeit schon seit Jahren getan: Während Mike die Kokons herbeischaffte, befestigte Singh sie in den Seilschlaufen und schickte sie auf den Weg. Yasals Konstruktion erwies sich als höchst effektiv: Für jeden Behälter, den sie losschickten, trug das Seil zwei leere Schlaufen wieder zu ihnen heran, sodass sie rascher vorankamen, als Mike zu hoffen gewagt hatte. Er hörte bald auf, die Behälter zu zählen, die sie zur NAUTILUS hinüberschickten. Es mussten schon an die hundert sein.

Mike und Singh arbeiteten bis zur Erschöpfung. Erst als die Luft in seinen Lungen schon wieder bitter zu schmecken begann und er begriff, dass ihre Tanks fast leer waren, hörte Mike auf und machte sich zusammen mit Singh auf den Rückweg; allerdings nicht zu Fuß. Jeder von ihnen ergriff kurzerhand eine der Seilschlaufen und glitt damit zur NAUTILUS zurück, wo sie von Hasim erwartet wurden.

Mike erinnerte sich hinterher nicht einmal, wie er in seine Koje zurückgekommen war. Er schlief auf der Stelle ein und er hatte auch das Gefühl, auf der Stelle wieder geweckt zu werden, auch wenn ihm ein Blick auf die Uhr verriet, dass Yasal ihm diesmal vier ganze Stunden gegönnt hatte, um sich zu erholen.

Auf diese Weise verging mehr als ein Tag – sie arbeiteten drei Stunden, kehrten zur NAUTILUS zurück, um vier Stunden auszuruhen, und stiegen dann wieder in die Tauchanzüge. Die Zahl der Behälter nahm nur langsam ab, aber schließlich begann Mike doch Hoffnung zu schöpfen, dass sie es schafften – falls Singh und er bis dahin nicht vor lauter Erschöpfung einfach zusammengebrochen waren, hieß das.

Er hatte auch längst aufgehört, sich den Kopf darüber zu zerbrechen, was in diesen sonderbaren weißen Bündeln sein mochte. Er wollte seine Arbeit beenden und dann ungefähr acht Monate durchschlafen, das war alles, was ihn noch interessierte. Aber er sollte bald erfahren, *was* sie aus dem Wrack der TITANIC bargen.

Die Katastrophe geschah, als sie beinahe fertig waren. Der Laderaum hatte sich geleert; vielleicht waren es noch dreißig, vielleicht vierzig Kokons, die zur NAUTILUS hinübergeschafft werden mussten, und dies war wahrscheinlich ihre letzte Schicht. Also blieben ihnen für die Rückfahrt noch vier Tage – eine knappe Frist, aber wenn sie die Maschinen der NAUTILUS noch einmal bis an die Grenzen belasteten, konnte sie ausreichen. Sie *mussten* es einfach schaffen, wenn er Serena und Astaroth jemals wieder sehen wollte.

Der Gedanke an die Atlanterin und den einäugigen Kater weckte etwas von dem alten Zorn in Mike. Er hatte mittlerweile begriffen, dass es für Yasal und die beiden anderen um etwas unvorstellbar Wichtiges ging und sie wirklich alles tun würden, um ihr Ziel zu erreichen. Aber es machte ihn rasend, zu etwas gezwungen zu werden, von dem er nicht einmal wusste, wozu es gut war.

Mike war so sehr in seine Gedanken vertieft, dass er für einen Moment unaufmerksam war. Singh und er hatten ihre Aufgaben getauscht: Während Singh die Behälter herbeischaffte, befestigte Mike sie in den Schlaufen und gab ihnen einen leichten Stoß, und er musste den letzten wohl nicht richtig befestigt haben, denn er hatte das Schiff noch nicht ganz verlassen, als er aus seinem Halt zu gleiten begann. Mike sah das Unglück kommen und wollte los, um den Kokon aufzufangen, aber in dem schweren Taucheranzug kam er natürlich zu spät: Der weiße Behälter glitt vollends aus der Seilschlaufe, prallte gegen die messerscharfe Kante der Öffnung, die Yasal in den Schiffsrumpf geschweißt hatte, und verschwand sich überschlagend in der Dunkelheit draußen.

Mikes Herz machte einen entsetzten Sprung. Er war nicht sicher – aber er hatte den Eindruck, dass der Behälter aufgeplatzt war, und wenn das stimmte, dann würde Yasal ihm wahrscheinlich den Kopf abreißen, und das möglicherweise nicht nur im übertragenen Sinne! So schnell er konnte, durchquerte er den Raum, sprang aus dem Schiff und sah sich nach dem Behälter, um.

Im ersten Moment konnte er ihn nirgends entdecken. Dort, wo er eigentlich hätte liegen müssen, war nur unberührter Sand. Dann sah er ihn – ein ganzes Stück weiter rechts und nicht auf dem Boden, sondern sich noch immer überschlagend in der Strömung dahintreibend. Und er war tatsächlich beschädigt. Eine Spur silberner Luftbläschen markierte den Weg, den er nahm, und Mike glaubte kleine, metallisch schimmernde Trümmerstücke zu sehen, die unter ihm zu Boden sanken.

»Singh!«, rief er. »Schnell! Komm her! Hilf mir!«

Er wartete Singhs Antwort nicht ab, sondern bewegte sich hinter dem Behälter her. Der Kokon war schon fast weiter entfernt, als der Scheinwerferstrahl reichte, und er entfernte sich ununterbrochen weiter. Mikes Schrecken wandelte sich in Entsetzen. Wenn die Strömung den Behälter ergriff und aus dem Licht trug, hatten sie keine Chance mehr, ihn je wieder zu finden.

Für einen Moment war er nahe daran, aufzugeben. Was, wenn er einfach zurückgehen und so tun würde, als wäre nichts passiert? Es waren hunderte von Behältern. Einer mehr oder weniger würde kaum auffallen, und selbst wenn, konnte er sich einfach dumm stellen. Aber er ahnte auch zugleich, dass das nicht klappen würde. Yasal und Hasim wussten ganz genau, wie viele Behälter sich an Bord der TITANIC befanden, und sie würden nicht eher Ruhe geben, bis auch der allerletzte geborgen war. Und außerdem war es schlichtweg unmöglich, jemanden zu belügen, der Gedanken lesen konnte wie andere ein offenes Buch.

Er griff schneller aus und er hatte ausnahmsweise Glück: Die Strömung schien nachzulassen, denn der Behälter entfernte sich jetzt nicht mehr weiter von ihm, sondern sank ganz langsam zu Boden, sodass der Abstand zwischen ihnen allmählich wieder kleiner zu werden begann. Als Mike ihn endlich eingeholt hatte und schwer atmend stehen blieb, hatte er sich so weit von der NAUTILUS entfernt, dass das Schiff hinter ihm schon nicht mehr sichtbar war. Selbst die Scheinwerferstrahlen waren von der allgegenwärtigen Dunkelheit hier unten fast verschluckt worden.

»Mike? Herr? Wo seid Ihr?«

Singhs Stimme erklang verzerrt und dünn in seinem Helm und es dauerte eine ganze Weile, bis die Gestalt des Inders hinter Mike erschien. Er bewegte sich, so schnell der Taucheranzug dies zuließ.

»Ich bin hier«, antwortete Mike.

»Großer Gott, was ist in Euch gefahren?«, keuchte Singh. »Seid Ihr verrückt geworden?«

Mike wollte über diesen ungewohnt scharfen Ton auffahren, aber dann begriff er voller Schrecken, wie weit er dem Behälter gefolgt war. Wäre er auch nur noch ein Stück weitergelaufen, dann wäre er vielleicht in die ewige Nacht des Meeresgrundes hineingerannt, ohne es auch nur zu merken.

»Es ist ja nichts passiert«, sagte er hastig. »Das heißt – mir nicht.« Er deutete auf den aufgeplatzten Behälter, der vor ihm im Sand lag. Es kamen nun keine Luftblasen mehr aus ihm, aber irgendetwas Dünnes, Weißes hing heraus und bewegte sich träge in der Strömung.

»Was ist los?« Singh klang erschrocken und Mike konnte hören, wie er überrascht die Luft einsog, als er neben ihm anlangte und sah, was passiert war.

»Ich habe nicht aufgepasst«, gestand Mike. »Es tut mir Leid. Komm – hilf mir. Vielleicht können wir irgendetwas tun, damit Yasal nicht merkt, was ich angerichtet habe.«

Singh schwieg viel sagend, ließ sich aber neben Mike in die Hocke sinken und half ihm den Behälter herumzudrehen, sodass sie hineinblicken konnten. Und im selben Moment schrie Mike so laut auf, dass man es wahrscheinlich noch drüben auf der NAUTILUS hören konnte. Er wusste jetzt, was die sonderbaren Behälter enthielten, die sie aus dem Wrack geborgen hatten.

Das Geschöpf sah auf den ersten Blick aus wie ein Mensch – das hieß, es hatte zwei Arme, zwei Beine und einen Kopf, aber damit hörte die Ähnlichkeit mit einem Menschen auch schon wieder auf.

Mike schätzte, dass es nicht größer als Chris war, also etwa so groß wie ein elf- oder zwölfjähriges Kind, aber sehr viel schlanker als ein normaler Mensch. Seine Arme und Beine waren so dünn, dass Mike sie bequem mit einer Hand hätte umschließen können, und seine Haut hatte eine fast weiße Farbe. Es hatte sechs Finger an jeder Hand, die viel schmaler und um einiges länger waren als die eines Menschen, und nicht ein einziges Haar, weder am Leib noch auf dem Kopf. Und dieser Kopf war das Unheimlichste an ihm.

Das Gesicht lief in einem spitzen Kinn aus, in dem sich ein fast lächerlich kleiner Mund befand und keine sichtbare Nase. Dafür waren die Augen übergroß und von einer seltsamen Tropfenform. Sie standen weit offen, sodass Mike sehen konnte, dass sie weder Pupillen noch Iris hatten, sondern einfach nur schwarz waren.

Und außerdem war das Geschöpf tot.

»Großer Gott!«, flüsterte Mike erschüttert. »*Das* ist also ihr großes Geheimnis!«

Singh ließ sich neben ihm auf ein Knie herabsinken und streckte die behandschuhte Rechte nach dem Wesen aus, wagte dann aber doch nicht, es zu berühren. »Was ... was ist das?«, flüsterte er. »So etwas ... habe ich noch nie gesehen!«

»Ich glaube, das hat noch niemand«, antwortete Mike leise. »Mit Ausnahme von Lady Grandersmith vielleicht.«

»Ihr meint –« Singh stockte und sah Mike verblüfft an. »Yasal und die beiden anderen ...?«

»Fällt dir eine bessere Erklärung ein?«, antwortete Mike. »Ich weiß nicht, was die drei sind, aber Menschen sind es bestimmt nicht. So wenig wie dieses Wesen hier. Vielleicht sind es ihre Brüder.«

»Aber das ergibt keinen Sinn«, sagte Singh kopfschüttelnd, nachdem er eine Weile überlegt hatte. »Warum sollten sie all diese Mühe auf sich nehmen, nur um ein paar hundert Särge aus einem Wrack zu bergen?«

»Vielleicht, damit sie niemand findet«, antwortete Mike. Singh schüttelte erneut den Kopf. »Hier unten wären sie für alle Zeiten sicher gewesen«, behauptete er. »Sicherer als in der Cheopspyramide. Aber warum haben sie sie überhaupt auf das Schiff gebracht? Niemand kennt den geheimen Zugang zur Grabkammer. Sie wären dort unten kaum gefunden worden.«

Das stimmte. Mike beugte sich wieder über das Geschöpf und betrachtete es eine Weile, und dann fiel ihm etwas ein, was er vorhin beobachtet hatte, ohne ihm vielleicht die entsprechende Bedeutung zuzumessen.

»Luft«, sagte er.

»Wie?«

»Luft«, wiederholte Mike. »Als der Behälter aufgeplatzt ist, kamen Luftblasen heraus.« Plötzlich war er sehr aufgeregt. »Vielleicht sind es gar keine Särge, Singh! Was, wenn ...«

Der Gedanke war so fantastisch, dass es ihn hörbare Überwindung kostete, ihn auszusprechen. »Was, wenn sie alle noch *leben?*«

Singh starrte ihn aus aufgerissenen Augen an und wollte etwas erwidern, aber Mike fuhr hastig fort: »Das ist die Erklärung, Singh! Sie sind nicht tot, versteh doch! Dieses Geschöpf hier ist gestorben, weil der Behälter aufgeplatzt und es ertrunken ist, aber *all die anderen sind vielleicht noch am Leben!*«

Singh sagte nichts – Mikes Theorie war die einzige, die überhaupt Sinn ergab, und trotzdem warf ihre Entdeckung tausendmal mehr Fragen auf, als sie beantwortete. Sie waren beide noch viel zu verblüfft und erschüttert, um einen klaren Gedanken zu fassen.

Nach einer Weile stand Mike auf und deutete in die Richtung, aus der sie gekommen waren. »Gehen wir zurück«, sagte er. »Mit ein bisschen Glück hat Yasal noch nicht gemerkt, was passiert ist. Vielleicht fällt ihm gar nicht auf, dass einer der Behälter fehlt.«

»Ihr wollt ihn einfach hier zurücklassen?«

»Mir ist auch nicht wohl dabei«, antwortete Mike. »Aber hast du vielleicht eine bessere Idee? Ich weiß nicht, was er tut, wenn er herausfindet, was passiert ist, und ehrlich gesagt: Ich will es auch nicht wissen.«

Aber er würde es herausfinden, das war ihnen beiden klar.

Schließlich war es unmöglich, vor Yasal irgendetwas geheim zu halten.

Als hätte es nur dieses Stichwortes bedurft, tauchte in diesem Moment eine schwarz gekleidete Gestalt aus der Dunkelheit hinter ihnen auf. Mikes Herz machte einen entsetzten Sprung. Yasal kam so schnell näher, dass an eine Flucht nicht einmal zu denken war. Mikes Gedanken überschlugen sich.

»Yasal!«, sagte er. »Es tut mir Leid. Es ist meine Schuld, ich ... ich war einen Moment unaufmerksam und –«

Yasal ignorierte ihn. Mit zwei, drei raschen Schritten war er neben ihm, stieß ihn unsanft beiseite und ließ sich neben dem aufgeplatzten weißen Kokon auf die Knie sinken. Seine Hände streckten sich nach der reglosen Gestalt in seinem Inneren aus, aber wie Singh zuvor, stockte er kurz, bevor er sie wirklich berührt hätte.

Wie Yasal so im Sand kniete und sich über das leblose Geschöpf beugte, empfand Mike nichts anderes als ein plötzliches, sehr heftiges Mitleid mit ihm. Bisher hatte er nicht einmal gewusst, ob die unheimlichen Schwarzgekleideten überhaupt in der Lage waren, menschliche *Gefühle* zu empfinden (und um ehrlich zu sein, er hatte es bezweifelt), aber jetzt spürte er sehr deutlich, dass Yasal um das tote Wesen trauerte wie um einen Freund.

»Es tut mir wirklich Leid«, sagte er noch einmal. »Ich wollte das nicht, das musst du mir glauben. Es war ein Unfall.«

Yasal hob langsam den Kopf und sah ihn an. Mike konnte sein Gesicht auch jetzt nicht erkennen, aber plötzlich wusste er, wieso ihm die Augen immer so unheimlich und fremd vorgekommen waren. Es waren nicht die Augen eines Menschen. Was hinter dem schwarzen Tuch sichtbar war, das waren die gleichen, pupillenlosen Riesenaugen, wie die des toten Geschöpfes vor ihnen. »Lass uns zurückgehen«, sagte Mike. »Wir müssen die anderen noch bergen. Ich schwöre dir, dass ich vorsichtiger sein werde.«

Yasal rührte sich nicht. Mike hatte plötzlich ein schlechtes Gewissen, als er daran dachte, dass er noch vor ein paar Augenblicken ernsthaft vorgehabt hatte, das tote Wesen einfach so zurückzulassen. Und er schämte sich ein wenig.

»Singh und ich bringen ihn zurück«, sagte er.

Als Yasal nicht reagierte, beugte er sich herab und wollte das Geschöpf aus seinem Behälter nehmen. Yasal versetzte ihm einen Stoß, der ihn zurücktorkeln ließ. Er fiel, landete unsanft auf dem Rücken und sah noch im Fallen, wie Singh herumfuhr, um sich auf Yasal zu stürzen.

»Nicht, Singh!«, schrie er.

Tatsächlich hielt sich Singh im letzten Augenblick zurück – wohl auch, weil ihm selbst klar wurde, wie wenig er hätte ausrichten können. Trotzdem fuhr Mike in hastigem Ton fort:

»Ich glaube, er will uns damit nur sagen, dass wir ihn nicht anrühren sollen.«

Er versuchte aufzustehen, schaffte es nicht und wälzte sich in dem klobigen Anzug umständlich auf den Bauch, um sich auf Hände und Knie hochzustemmen. Der Scheinwerfer, der an seinem Helm angebracht war, machte die Bewegung mit und der weiße Strahl tastete noch ein Stück weiter in die Dunkelheit hinein.

Und Mike erstarrte mitten in der Bewegung.

Sie hatten den Bug des Schiffes fast erreicht und über ihnen gähnte der gewaltige Riss, der die Flanke der TITANIC gespalten hatte. Aber es war nicht dieser Anblick, der Mike für endlose Sekunden einfach starr dasitzen und an seinem Verstand zweifeln ließ.

Alles, was bisher rätselhaft und sinnlos erschienen war, wurde ihm mit einem Male ganz klar.

»Was um alles in der Welt ist *das?*«, keuchte Singh. Auch er hatte sich herumgedreht und starrte in dieselbe Richtung wie Mike.

Sie konnten das Gebilde im Licht ihrer Scheinwerfer nur zum Teil erkennen, denn es war sehr groß – Mike schätzte seinen Durchmesser auf sicherlich dreißig Meter, wenn nicht mehr. Es war von silberglänzender Farbe und musste die Form einer großen Scheibe haben, wenn es sich nicht jenseits des Lichtstrahles plötzlich anders fortsetzte. Ein Teil davon war eingedrückt und zerfetzt – der Teil des messerscharfen Randes, der den Rumpf der TITANIC getroffen und wie eine Axtklinge aufgerissen hatte ...

»Es war gar kein Eisberg«, flüsterte Mike.

»Wie?«, fragte Singh. Er begriff nicht, was Mike meinte. »Die TITANIC«, erklärte Mike, ohne den Blick auch nur eine Sekunde von dem unheimlichen Gebilde zu wenden. »Es wurde immer angenommen, dass sie mit einem Eisberg kollidiert ist. Aber das stimmt nicht. Es war *das da.*«

»Aber was ist das?«, fragte Singh verstört.

»Ich ... ich glaube, ich weiß es«, antwortete Mike stockend.

Er kämpfte sich mühsam auf die Füße und warf einen Blick zu Yasal zurück, ehe er fortfuhr. Der vermeintliche Beduine hatte das tote Geschöpf mittlerweile aus seinem Kokon gelöst und trug es wie ein Kind auf beiden Armen. Er starrte Mike noch immer an, auf eine Weise, die ihm einen eisigen Schauer über den Rücken laufen ließ.

»Ich glaube, es ist ihr Schiff«, sagte er.

»Schiff?« Singh schüttelte heftig den Kopf. »Das ist kein Schiff. So etwas habe ich noch nie gesehen!«

»Das hat vermutlich niemand auf der Erde«, antwortete Mike. »Ich glaube, sie stammen aus einer anderen Welt. Vielleicht von einem anderen Planeten. Und sie sind damit zu uns gekommen.«

»Niemand kann zu einem anderen Planeten fahren«, sagte Singh überzeugt.

»Wir nicht, aber vielleicht sie«, beharrte Mike. Gerade war es nur eine Idee gewesen, die ihm selbst ein bisschen verrückt vorgekommen war, aber je länger er Yasal ansah, desto überzeugter war er selbst davon. Es war plötzlich nicht nur eine bloße Idee. Es war, als erzählten ihm die unheimlichen Augen des Fremden eine Geschichte oder zumindest einen Teil davon.

»Ich glaube, sie haben sie deshalb auf die TITANIC gebracht«, sagte er. »Damit sie von diesem Schiff abgeholt und wieder nach Hause gebracht werden können. Aber irgendetwas ist schief gegangen. Es ist mit der TITANIC zusammengestoßen und beide sind gesunken.«

Er wandte sich ganz zu Yasal um. »War es so?«, fragte er.

Yasal nickte.

»So ist das also«, murmelte Singh. Mike fiel der veränderte Ton in seiner Stimme auf. Sie klang plötzlich sehr bitter.

»Was meinst du?«

»Was ich meine?« Singh lachte hart. »Ich meine die mehr als tausendfünfhundert Menschen, die hier ums Leben gekommen sind.«

»Aber es war ein Unfall!«, antwortete Mike. »Du glaubst doch nicht, dass sie das absichtlich getan haben?«

»Nein – aber es hat ihnen wahrscheinlich auch nicht viel ausgemacht«, erwiderte Singh. »Immerhin haben sie auch unser Leben aufs Spiel gesetzt, um ihre Brüder zu retten.«

»Aber das ist doch etwas anderes!«, protestierte Mike. Doch ganz sicher war er nicht. Der Anblick Yasals, der mit dem toten Geschöpf auf den Armen dastand und Singh und ihn wortlos ansah, rührte noch immer sein Herz, aber er musste auch gleichzeitig wieder an die Szene im Lagerhaus denken. Hätte Serena Hasim nicht zurückgehalten, hätte er einen Wehrlosen getötet. Er schauderte plötzlich. Wenn diese Wesen über Gefühle und ein Moralempfinden verfügten, so schien es vollkommen anders zu sein als das eines Menschen.

»Unsere Luft geht bald zu Ende«, sagte Singh plötzlich. »Wir müssen zurück.«

Er wollte losgehen, aber Yasal vertrat ihm den Weg. Mit einer raschen Bewegung verlagerte er das Gewicht des toten Geschöpfes auf den linken Arm und streckte die frei gewordene Rechte in Singhs Richtung aus. Zwischen seinen Fingern blitzte und funkelte etwas Kleines, Weißes; wie ein winziges lebendiges Licht.

»Was bedeutet das?«, fragte Mike erschrocken.

»Könnt Ihr Euch das nicht denken, Herr?«, fragte Singh bitter.

Das Licht zwischen Yasals Fingern wurde heller – und plötzlich wusste es Mike. Es war der gleiche, blendend weiße Schein, mit dessen Hilfe er gestern ein Loch in den zentimeterdicken Stahl des Schiffsrumpfes geschnitten hatte.

»Yasal, was ... was hast du vor?«, fragte er unsicher. Plötzlich hatte er Angst.

»Wir kennen sein Geheimnis«, sagte Singh. »Ich glaube nicht, dass er zulassen wird, dass wir es weitererzählen.« Er machte eine Kopfbewegung zu der silbernen Scheibe zurück, die sich in den Rumpf der TITANIC verkeilt hatte.

»Das ist es doch, nicht? Nur zu. Bring uns um, wenn du willst. Wir können uns nicht wehren. Ein Menschenleben ist euch ja offensichtlich nicht viel wert. Geschweige denn das von tausendfünfhundert!«

Das Licht flackerte heller, aber der tödliche Blitz, auf den Mike wartete, blieb aus. Für endlose Sekunden stand Yasal reglos da und zielte mit seiner furchtbaren Waffe auf Singh, aber dann senkte er den Arm ein wenig und sah Mike an.

»Wir werden es niemandem verraten«, sagte Mike. Und er *meinte* es so – nicht aus Angst, sondern weil er einfach wusste, dass dieses Geheimnis niemals gelüftet werden durfte. »Ich verspreche es dir, Yasal. Wenn du meine Gedanken wirklich lesen kannst, dann tu es, und du wirst sehen, dass ich es ehrlich meine. Niemand wird je erfahren, was hier passiert ist oder dass es euch gibt.«

Die Zeit schien stehen zu bleiben. Das Licht richtete sich nun auf ihn und zugleich schienen die unheimlichen Augen Yasals direkt in ihn hineinzublicken. Er konnte regelrecht spüren, wie etwas durch seinen Kopf tastete und seine geheimsten Gedanken ergründete.

Und dann, nach einer Ewigkeit, senkte Yasal die Hand wieder und das furchtbare Glühen zwischen seinen Fingern erlosch.

Selbst am nächsten Morgen begriff Mike noch nicht wirklich, *warum* Singh und er noch am Leben waren. Sie waren sofort auf die NAUTILUS zurückgekehrt, ohne die wenigen noch verbliebenen Behälter zu bergen, und Mike hatte sich fast unmittelbar darauf in seine Kabine zurückgezogen. Aber obwohl er hundemüde und zu Tode erschöpft war, hatte er noch lange auf seinem Bett gelegen und die Decke über sich angestarrt.

Je länger er darüber nachgedacht hatte, desto unwahrscheinlicher war es ihm vorgekommen, dass Yasal ihm wirklich geglaubt hatte. Er hatte nicht gelogen – sein Versprechen war ehrlich gemeint gewesen und zweifellos hatte Yasal dies in seinen Gedanken erkannt, aber das konnte nicht der einzige Grund sein. Er war ein Mensch und Menschen ändern manchmal ihre Meinung, ganz davon abgesehen, dass in der Lebenszeit, die noch vor ihm lag, vielleicht der Tag kommen mochte, an dem er *gezwungen* war zu erzählen, was Singh und er auf dem Meeresgrund erlebt hatten. Singh hatte mit seinem Misstrauen durchaus Recht – die Wesen von den Sternen hatten den Tod von über tausend Menschen in Kauf genommen, um ihre Brüder zu holen, und sie hatten auch das Leben der NAUTILUS-Besatzung riskiert, um sie zu bergen und ihr Geheimnis zu wahren. All dies jetzt aufs Spiel zu setzen, nur weil Mike ein *Versprechen* gegeben hatte, das passte einfach nicht.

»Wir sind so weit.« Trautmans Stimme drang in Mikes Gedanken. Er schrak hoch, blickte einen Moment lang völlig verständnislos in das bärtige Gesicht Trautmans und rettete sich dann in ein verlegenes Lächeln.

»Schon?«

Trautman runzelte die Stirn. Sein Blick wurde wieder ein bisschen besorgt – Mike hatte gute zwölf Stunden ununterbrochen geschlafen, aber er war noch immer hundemüde und wahrscheinlich sah er auch so aus. »Alles in Ordnung mit dir?«, fragte er.

Mike nickte hastig. »Ja. Entschuldigen Sie.« Er wollte aufstehen und zu seinem Platz am Steuerpult gehen, aber Trautman schüttelte den Kopf. »Ben wird das übernehmen«, sagte er. »Ruh dich aus. Du wirst deine Kräfte noch brauchen.«

»Wieso?«, fragte Mike.

»Weil wir ohne Pause durchfahren werden und uns am Ruder ablösen müssen«, antwortete Trautman. »Wir können es bis zum sechzehnten schaffen, aber es wird knapp.« Er zögerte einen Moment, dann setzte er hinzu: »Ist wirklich alles in Ordnung mit dir? Du bist irgendwie anders seit gestern. So nebenbei: Singh ebenfalls.«

»Wir sind nur erschöpft«, antwortete Mike hastig. »Es war alles sehr anstrengend. Ich bin froh, dass es vorbei ist. Wann fahren wir los? Sofort?«

»Noch nicht«, erwiderte Trautman. »Wir warten noch auf Yasal.«

»Ist er denn nicht an Bord?«, fragte Mike verwundert. Er hatte von Trautman erfahren, dass Yasal und sein Bruder gestern noch einmal allein hinausgegangen waren, vermutlich, um die zurückgebliebenen Behälter zu holen. Aber es waren nur noch wenige gewesen, allerhöchstens ein Dutzend; eine Aufgabe, die in einer Stunde zu erledigen gewesen wäre.

»Er ist vor einer halben Stunde noch einmal hinausgegangen«, antwortete Ben an Trautmans Stelle. »Frag mich bloß nicht, warum.« Er lachte. »Vielleicht hat er seine Frühstücksdose drüben auf der TITANIC vergessen.«

Mike fand das nicht sehr komisch. Er schenkte Ben einen giftigen Blick, stand auf und schlenderte zum Fenster. Der Anblick draußen hatte sich nicht verändert. Die TITANIC ragte noch immer wie ein stählerner Berg über ihnen empor, aber sie kam ihm jetzt unheimlicher und bedrohlicher denn je vor. Ganz automatisch wanderte sein Blick nach links, in die Dunkelheit vor dem Wrack hinein, und ein sonderbares Gefühl überkam ihn. Er konnte sie nicht sehen, aber für einen Moment erschien der Anblick der riesigen, silbernen Scheibe ganz deutlich vor seinen Augen und wieder spürte er dieselben einander widersprechenden Gefühle wie gestern. Zorn, Verwirrung, Mitleid und Ohnmacht. Singh hatte gewiss Recht, aber zugleich täuschte er sich auch. Die Katastrophe damals war viel gewaltiger – und viel tragischer – gewesen, als die Menschen oben unter der Sonne glaubten. Und er konnte auch zugleich Yasal und seine Brüder verstehen. Sie hatten nichts anderes als nach Hause gewollt und sie hatten ganz bestimmt nicht beabsichtigt, dabei irgendjemanden zu verletzen.

Aber trotzdem waren so viele Unschuldige ums Leben gekommen, dass sich Zorn in Mikes Mitleid mischte. Es war ein Unfall gewesen – letztendlich genau das, was auch ihm widerfahren war, als er den Behälter nicht richtig befestigt hatte – und er durfte es Yasal und den anderen nicht vorwerfen. Aber er war auch nicht sicher, ob er es ihnen jemals wirklich verzeihen konnte ...

»Wo bleibt er nur?«, fragte Trautman. Er war neben Mike getreten und sah wie er aus dem Fenster. »Jede Minute ist kostbar. Es macht mich rasend, hier herumzustehen und nicht zu wissen, warum.« Etwas leiser und in so beiläufigem Ton, dass Mike um ein Haar ganz automatisch geantwortet hätte, fügte er hinzu: »*Du* weißt es, nicht wahr?«

Mike fuhr zusammen, starrte Trautman betroffen an und biss sich auf die Unterlippe. Er schwieg.

»Was habt ihr dort draußen gefunden?«, fragte Trautman nun.

»Nichts«, antwortete Mike. Er wich Trautmans Blick aus.

Trautman lachte. »Habe ich dir eigentlich schon einmal gesagt, dass du ein miserabler Lügner bist?«

Mike schwieg eine Weile, ehe er leise und ohne Trautman anzusehen antwortete: »Sie haben Recht. Wir haben etwas gefunden. Aber bitte fragen Sie mich nicht, was. Ich darf es Ihnen nicht sagen.«

»Du *darfst* nicht?«

»Ich habe es versprochen«, antwortete Mike.

Trautmans Blick wurde eindringlich, und obwohl Mike ihn nicht direkt erwiderte, war er nicht sicher, wie lange er ihm wohl noch standhalten würde. Aber dann nickte Trautman. »Gut, ich respektiere das. Sie haben ihr Wort gehalten und uns bisher nichts getan, und so ist es nur richtig, dass auch du dein Wort hältst. Keine Angst – ich werde den anderen nichts sagen.«

Mike lächelte dankbar und Trautman drehte sich ohne ein weiteres Wort herum und wollte zum Steuerpult zurückgehen, machte aber dann noch einmal kehrt. »Ach ja, das hätte ich beinahe vergessen«, sagte er. »Ich habe die halbe Nacht lang Bücher gewälzt, aber mir ist nichts untergekommen, was genau zweihundertfünfzig Jahre her sein könnte. Mit einer Ausnahme – aber sie ergibt keinen Sinn.«

»Welche Ausnahme?«, fragte Mike.

»Eine ganz bestimmte Sternenkonstellation«, sagte Trautman. »Alle zweihundertfünfzig Jahre steht der Sirius in einem ganz bestimmten Winkel über der Erde. Zu Anfang dachte ich, das wäre die Lösung. Die alten Ägypter waren großartige Astronomen. Die Pyramiden sind nach den Sternen ausgerichtet, wusstest du das? Aber dann habe ich noch einmal genauer nachgesehen – während dieser Konstellation ist der Sirius von den Pyramiden aus gar nicht sichtbar.«

»Wahrscheinlich hat es nichts zu bedeuten«, sagte Mike.

Trautman sah ihn scharf an, dann wandte er sich ab und Mike drehte sich wieder dem Fenster zu.

Er wusste nicht, wie lange er so dastand und in die Dunkelheit hinausstarrte. Irgendwann begannen die stählernen Planken unter seinen Füßen zu zittern und der Rumpf der NAUTILUS vibrierte wieder im vertrauten Dröhnen und Hämmern der Maschinen. Während Singh und er die Ladung aus der TITANIC herübergebracht hatten, hatten Trautman und die anderen die Maschinen überholt und wohl das eine oder andere wieder in Ordnung gebracht.

»Jemand sollte hinausgehen und Yasal holen«, maulte Ben. »Er könnte wirklich allmählich kommen.«

»Ich werde gehen und Hasim suchen«, sagte Juan.

Doch bevor er seinen Vorsatz in die Tat umsetzen konnte, öffnete sich die Tür und Hasim trat ein. Er war völlig durchnässt und hinterließ eine feuchte Spur auf dem Boden. Offenbar war auch er gerade erst von draußen zurückgekehrt.

»Hasim!«, sagte Trautman. »Endlich. Wo ist Yasal? Wir können aufbrechen.«

Hasim blieb stehen und deutete auf das Fenster.

»Noch draußen?«, fragte Trautman. »Aber warum? Unsere Zeit ist knapp!«

Hasim machte eine Geste, deren Bedeutung Mike erst nach einer Sekunde begriff. Trautman offensichtlich sehr viel schneller, denn er blickte Hasim ungläubig an.

»Verstehe ich dich richtig? Wir sollen losfahren?«

Hasim nickte.

»Aber Yasal ist noch dort draußen!«

Hasim nickte wieder, dann deutete er mit einer Hand auf das Steuerpult, mit der anderen nach oben.

»Das ist deutlich genug«, sagte Ben. »Warum tun wir ihm nicht den Gefallen und tauchen endlich auf?«

»Weil ich nicht daran denke, jemanden hier zurückzulassen«, antwortete Trautman ärgerlich. »Was ist passiert? Hattet ihr einen Unfall oder –«

Hasims Geduld war offensichtlich zu Ende. Er ging rasch auf das Steuerpult zu, schob Trautman einfach beiseite und begann an den Instrumenten der NAUTILUS zu hantieren. Das Motorengeräusch veränderte sich und nur einen Augenblick später begann das Wrack der TITANIC unter ihnen wegzugleiten. Mike konnte spüren, wie die NAUTILUS von der Strömung ergriffen wurde und gleichzeitig an Tempo zulegte.

»He, was soll das?«, fragte Trautman aufgebracht. »Wir können ihn doch nicht einfach hier lassen! Sagt uns doch, was geschehen ist! Wir holen deinen Bruder, wenn er verletzt ist!«

Hasim sagte nichts. Stattdessen schob er einen Hebel vor und die NAUTILUS machte so einen Satz, dass es Mike fast von den Füßen gerissen hätte. Hastig streckte er die Hand aus, um sich an einem Stuhl festzuklammern, und drehte sich wieder zum Fenster herum.

In der nächsten Sekunde schloss er geblendet die Augen, denn ein kleines Stück vor dem Bug der TITANIC flammte ein grellweißer Blitz auf. Nur einen Augenblick später erbebte die NAUTILUS wie unter einem Hammerschlag und legte sich spürbar auf die Seite.

Diesmal verlor er endgültig das Gleichgewicht. Mike landete unsanft auf dem Boden und sah, wie auch Ben, Juan und Singh gerade noch irgendwo Halt fanden, während Chris vom Stuhl geschleudert wurde. Einzig Hasim stand wie ein Fels hinter dem Steuerpult.

Einen Moment später blitzte es draußen ein zweites Mal auf und eine weitere, noch heftigere Druckwelle traf das Schiff. Die NAUTILUS begann zu schaukeln.

»Was war das?«, keuchte Ben. Der Blick seiner weit aufgerissenen Augen war auf das Fenster gerichtet. »Da ist etwas explodiert!«

Das tobende Wasser beruhigte sich nur langsam. Die NAUTILUS beschleunigte noch immer, während sie zugleich der Meeresoberfläche entgegenstieg, aber sie schaukelte auch weiterhin so heftig, dass Mike Mühe hatte, wieder auf die Füße zu kommen. Alle redeten durcheinander und überboten sich gegenseitig in Mutmaßungen und Theorien, was dort unten geschehen sein mochte.

Die Einzigen, die nichts sagten, waren Mike selbst und Singh.

Sie allein wussten, was dort draußen explodiert war.

Mike sah Hasim an, und als er dem Blick seiner Augen begegnete, überkam ihn wieder jenes sonderbare Mitleid, das er sich selbst nicht so richtig erklären konnte. Er wusste, dass sie Yasal niemals wieder sehen würden. Hasims Bruder war zurückgeblieben, um zu tun, weshalb er wahrscheinlich von Anfang an gekommen war: dafür zu sorgen, dass – sollten irgendwann einmal wieder Taucher zum Wrack der TITANIC hinabsteigen – niemand mehr herausfinden würde, was damals *wirklich* geschehen war. Das Schiff von den Sternen existierte nicht mehr.

Und ganz plötzlich hatte er wieder Angst.

Vielleicht war seine Erleichterung etwas vorschnell gewesen, und vielleicht hatte Singh mit seiner Meinung über die Schwarze Bruderschaft Recht und nicht er. Sie hatten sie zwar bisher am Leben gelassen, aber mit einem Mal war er nicht mehr so sicher, dass das auch so bleiben würde. Vielleicht waren sie nicht nur hierher gekommen, um Yasals Brüder aus dem Wrack zu bergen, sondern auch, um die Spuren ihrer Anwesenheit zu verwischen.

Und sie taten es sehr gründlich.

Die nächsten Tage wurden zu einem Wettrennen mit der Zeit. Sie gewannen es, aber buchstäblich um Haaresbreite. Die NAUTILUS fuhr fast die gesamte Zeit unter Wasser, sodass am Ende selbst ihr Sauerstoffvorrat knapp zu werden begann, und Trautmans Gesicht schien sich jedes Mal, wenn Mike ihn anblickte, mehr zu verfinstern. Der Steuermann fürchtete um das Schiff. Er hatte die Maschinen, so gut er konnte, überholt, aber Hasim belastete sie bis weit über ihre Grenzen hinaus, und er gefährdete damit nicht nur die NAUTILUS, sondern auch das Leben ihrer Besatzung.

Zwei Stunden vor Mitternacht des sechzehnten Februar neunzehnhundertsechzehn erreichten sie die Nilmündung und fuhren hinein, ohne aufzutauchen oder auch nur merklich zu verlangsamen. Hasim hatte wieder das Steuerpult übernommen, wogegen Trautman diesmal nichts einzuwenden hatte. Es war schon gefährlich genug gewesen, das Schiff in diesem Tempo durch das Mittelmeer mit all seinen Untiefen und Inseln zu steuern. Hier, in dem Fluss, der zwar breit, aber nicht besonders tief war, grenzte es an Selbstmord.

Sie waren alle wieder im Salon zusammengekommen und blickten abwechselnd zu Hasim, der konzentriert hinter dem Steuer stand, und dem großen Aussichtsfenster. Das Wasser schoss nur so daran vorüber, aber ein paar Mal glaubte Mike auch einen dunklen Schatten entlanghuschen zu sehen und einmal konnten sie alle spüren, wie die NAUTILUS etwas streifte und daran entlangschrammte.

»Wir sind bald auf der Höhe der Pyramiden«, sagte Trautman plötzlich. »Wenn es diesen geheimnisvollen Kanal wirklich gibt, müssten wir ihn allmählich erreichen.«

Niemand antwortete – aber Mike war nicht der Einzige, dem sich bei Trautmans Worten die Haare zu Berge stellten. Die Vorstellung, mit der riesigen NAUTILUS durch einen unterirdischen Kanal zu fahren, war schon schlimm genug; es in diesem mörderischen Tempo zu tun, das war etwas, was sich Mike gar nicht vorstellen wollte.

»Ich frage mich, was passiert, wenn wir zu spät kommen«, murmelte Juan.

Mike tauschte einen stummen Blick mit Singh und sah in dessen Augen die gleiche Furcht, die auch an ihm nagte. Offensichtlich dachte Singh an dasselbe wie er: Mike fragte sich nämlich nicht, was geschehen würde, wenn sie es nicht schafften, sondern vielmehr, was passieren würde, *wenn* sie es schafften, die Pyramiden rechtzeitig zu erreichen. Er hatte während der gesamten Fahrt an nichts anderes gedacht, aber keine Antwort auf diese Frage gefunden. Singh und er waren die einzigen Menschen, die das Geheimnis der Schwarzen Bruderschaft kannten.

»Wir werden langsamer«, sagte Trautman plötzlich.

Alle wandten sich wieder dem Fenster zu. Das Wasser sprudelte noch immer daran vorüber wie ein Wildbach, doch sie verloren tatsächlich an Geschwindigkeit. Trotzdem schoss die NAUTILUS dreimal so schnell unter Wasser dahin, als es jedem anderen Schiff möglich gewesen wäre.

Und dann, ganz plötzlich, wurde es finster. Das bisschen Licht, das bisher durch das Wasser gedrungen war, erlosch schlagartig.

»Der Kanal«, flüsterte Trautman. »Wir sind drin.«

Mike fuhr sich nervös mit dem Handrücken über die Lippen. Seine Hände und Knie zitterten ein wenig und sein Magen zog sich zu einem schmerzenden Klumpen zusammen. Er konnte die Wände des unterirdischen Kanals nicht sehen, aber seine Fantasie gaukelte ihm ein wahres Labyrinth aus steinernen Speeren und Klingen vor, das nur darauf wartete, die NAUTILUS aufzuspießen. Dabei wusste er nicht einmal, wie groß dieser Kanal war.

»Wir sollten nach oben gehen«, sagte Trautman. »In den Turm.«

»Und wozu?«, fragte Ben mit einem schiefen Grinsen. »Um eine bessere Aussicht zu haben?«

»Nein«, antwortete Trautman. »Aber vielleicht eine winzige Überlebenschance, falls doch etwas passiert.« Er warf Hasim einen nervösen Blick zu. »Hast du etwas dagegen?«

Hasim sah nicht einmal von den Instrumenten auf, aber sein Schweigen war Trautman Antwort genug. Hastig scheuchte er sie alle aus dem Salon und deutete die schmale Wendeltreppe hinauf. »Beeilt euch!«, sagte er. »Singh und ich holen die Taucheranzüge.«

»Das ist nicht nötig«, sagte Juan. »Sie sind schon oben.«

»Wie?« Trautman blinzelte verblüfft.

»Ich war vor einer Stunde im Turm«, sagte Juan. »Jemand hat fünf Taucheranzüge dort hinaufgebracht. Ich dachte, Sie wären es gewesen. Ich wusste nur nicht, warum.«

»Hasim«, sagte Trautman. »Das muss Hasim gewesen sein.«

»Aber warum?«

»Vielleicht, weil er wusste, wie gefährlich es wird«, erwiderte Trautman. »Aber das ist jetzt auch egal – kommt. Schnell jetzt.«

Sie rannten die Treppe hinauf, so schnell sie konnten, und kletterten hintereinander in den Turm. Tatsächlich lagen dort fünf Taucheranzüge bereit, ganz wie Juan gesagt hatte, und dazu auch fünf frisch gefüllte Sauerstoffflaschen. Sie legten sie an, so rasch sie konnten, was in der Enge der überfüllten Turmkammer nicht so einfach war.

»Wie viel Zeit ist noch?«, fragte Chris.

Trautman sah auf die Uhr. »Eine halbe Stunde bis Mitternacht. Wenn der Kanal in direkter Linie bis zu den Pyramiden führt, müssten wir bald dort sein. Wir könnten es schaffen. Ich frage mich allerdings –«

Der Rest des Satzes ging in einem überraschten Laut unter, als die NAUTILUS unter einem heftigen Schlag erzitterte. Wäre die Turmkammer nicht so eng gewesen, dass sie ohnehin alle aneinander gepresst dastanden, wären sie wahrscheinlich von den Füßen gerissen worden.

Mikes erster Gedanke war, dass sie gegen ein Hindernis geprallt waren, aber der furchtbare Laut von zerreißendem Stahl, auf den er mit angehaltenem Atem wartete, kam nicht. Stattdessen machte er eine andere, viel unheimlichere Feststellung.

Die NAUTILUS stand still.

»Das ist doch unmöglich!«, murmelte Trautman. »Wir würden mindestens eine Meile brauchen, um bei dem Tempo anzuhalten! Das kann überhaupt nicht sein!«

Mike sah konzentriert durch eines der beiden großen Bullaugen nach draußen. Nicht weit entfernt vor ihnen schimmerte ein blasses Licht; ein dreieckiger, zitternder Streifen hoch oben unter der Decke des Kanals.

»Dort!«, sagte er. »Das muss die Höhle sein!«

»Warum fahren wir dann nicht weiter?«, wunderte sich Ben.

Bevor jemand antworten konnte, hörten sie ein seltsames Scharren und Knirschen – und plötzlich schrie Trautman, so laut er nur konnte. *»Die Helme! Um Gottes willen, setzt die Helme auf!«*

Kaum hatte Mike das getan, öffnete sich die Turmluke über ihnen und ein Sturzbach von eiskaltem Wasser sprudelte herein. Mike hörte Chris schreien, fuhr herum und sah, dass dieser vor lauter Aufregung die Scharniere seines Helmes nicht zubekam. Hastig griff Mike zu, ließ den Helm einrasten und öffnete auch noch das Ventil der Sauerstoffflasche auf Chris' Rücken.

Keine Sekunde zu früh. Die Turmkammer füllte sich rasend schnell mit Wasser. Mike fand kaum noch Zeit, seinen eigenen Helm richtig zu befestigen, da schloss sich das Wasser bereits über ihnen.

»Was geht hier vor?«, keuchte Ben. »Will er uns ersäufen?«

Mike hob den Blick und sah nach oben. Der schwere Lukendeckel war mittlerweile fast ganz aufgeschwungen und ein hinter schwarzem Tuch verhülltes Gesicht lugte zu ihnen herein.

»Hasim?«, murmelte Ben. »Aber wie kommt der denn hierher?«

Es kann nicht Hasim sein, dachte Mike, es wird sein Bruder Sulan sein. Der Schwarzgekleidete machte keinen Versuch, zu ihnen hereinzukommen, sondern hob stattdessen die Hand und gab ihnen einen eindeutigen Wink.

»Was will er denn?«, murmelte Chris.

»Das ist doch wohl deutlich«, grollte Ben. »Wir sollen aussteigen.«

Sulan wiederholte seine Bewegung diesmal voller Ungeduld.

»Wir tun besser, was er verlangt«, sagte Trautman. »Ich glaube, ich weiß, was sie vorhaben.«

»Ja, uns ersäufen wie junge Katzen!«, grollte Ben.

»Unsinn!«, widersprach Trautman streng. »Es ist allerhöchstens noch eine Meile bis zum See. Wir haben mehr als genug Luft, um dorthin zu schwimmen. Wenn sie uns hätten umbringen wollen, hätten sie es längst getan.«

»Aber warum denn schwimmen?«, beschwerte sich Ben. »Das ist doch vollkommen verrückt!«

»Sie wollen nicht, dass wir sehen, was dort geschieht«, antwortete Trautman. »Also kommt – ehe er es sich anders überlegt und uns um unsere Helme bittet ...«

Das wirkte. Niemand widersprach mehr. Selbst Ben kletterte gehorsam hinter Trautman die Leiter empor und verschwand in dem kalten Wasser. Doch als Singh und als Letzter Mike den Turm verlassen wollten, schüttelte Sulan den Kopf. Singh protestierte lautstark, doch es nutzte nichts. Sulan schloss die Turmluke über ihm.

»Mike, Singh!«, klang Trautmans Stimme in Mikes Helm. »Wo bleibt ihr?«

»Er hat uns nicht hinausgelassen«, antwortete Mike. »Was?! Aber –«

»Keine Angst«, unterbrach ihn Singh. »Sie werden uns nichts tun. Wahrscheinlich brauchen sie nur unsere Hilfe. Sie haben auch auf der TITANIC niemand anderen bei sich geduldet.«

»Also gut«, antwortete Trautman. Seine Stimme wurde bereits leiser und Mike sah, dass nun der helle Fleck vor ihnen zu wachsen begonnen hatte. Das Schiff hatte wieder Fahrt aufgenommen, ohne dass sie es gemerkt hatten. »Aber passt auf euch auf. Wir kommen nach, so rasch wir können.«

Damit riss die Verbindung ab. Sie waren offensichtlich schon zu weit voneinander entfernt.

Ihr Ziel kam jetzt schnell näher. Der helle Fleck, dem sich die NAUTILUS in rasendem Tempo näherte, wurde schnell größer und nach kaum einer Minute brachen der Turm und der zackengekrönte Rücken des Schiffes durch die schäumende Oberfläche des Sees, der in Cheops' geheimer Grabkammer lag. Das Schiff schaukelte wild hin und her, sodass Mike sich hastig am Steuer festklammerte.

Kaum hatte er seinen festen Halt wieder gefunden und einen Blick nach draußen geworfen, da schrie er überrascht auf.

Die große Höhle war hell erleuchtet und sie war nicht mehr leer. Am Ufer des Sees drängten sich dutzende, wenn nicht sogar hunderte von schwarz gekleideten Gestalten.

»Was ist das?«, murmelte er.

»Die Schwarze Bruderschaft«, antwortete Singh.

»Aber ... aber Lady Grandersmith hat doch gesagt, dass es nur noch diese drei gibt!«

Singh machte eine Geste, die wohl andeuten sollte, dass er

das auch nicht verstand, dann deutete er nach draußen. »Schau! Dort ist sie. Lady Grandersmith.«

»Und Serena!«, fügte Mike aufgeregt hinzu. »Und Astaroth!«

Tatsächlich stand Lady Grandersmith zwischen den schwarz gekleideten Gestalten, die sich am Ufer drängten. Und unmittelbar neben ihr war Serena, auf deren Schulter der riesige, schwarze Kater hockte. Sie waren zu weit entfernt, um etwas genau zu erkennen, aber eigentlich, dachte Mike verblüfft, sehen sie nicht wie Gefangene aus.

»Komm!«, sagte er. Voller Ungeduld fuhr er herum, schwamm in dem noch immer mit Wasser gefüllten Turm nach oben und öffnete die Luke. Mike stemmte sich mit einer kraftvollen Bewegung hinaus, trat rasch zwei Schritte zur Seite, um Platz für Singh zu machen, und nahm dann seinen Helm ab.

Mittlerweile hatten Lady Grandersmith und Serena das Ufer ebenfalls erreicht und er sah jetzt, dass er sich nicht getäuscht hatte: Serena wirkte ausgesprochen fröhlich und sehr erleichtert. Vielleicht hatte sie ebenso wie er nicht mehr damit gerechnet, dass sie sich jemals wieder sehen würden.

»Serena!«, schrie Mike. »Geht es dir gut?«

»Ja!«, rief sie zurück. »Kommt heraus. Schnell! Sie haben keine Sekunde mehr zu verlieren!«

Sie?, dachte Mike verblüfft. Wovon sprach Serena da? So rasch er konnte, kletterte er den Turm hinab, lief über das Deck der NAUTILUS nach hinten und watete die letzten Meter zum Ufer.

Währenddessen bewegte sich die kleine Armee aus Schwarzgekleideten rasch auf die NAUTILUS zu. Mike beobachtete verblüfft, wie einige von ihnen tauchten und unter dem Rumpf des Schiffes verschwanden.

Er machte sich aber deswegen keine Gedanken, hastete ans Ufer und schloss Serena so kräftig in die Arme, dass ihr die Luft wegblieb.

»Serena! Gott sei Dank! Ich dachte schon, ich sehe dich niemals wieder.«

Serena machte sich aus seinem Griff los und holte übertrieben mühsam Luft. »Kein Grund, mich zu erwürgen!«, beschwerte sie sich.

Mike lachte und umarmte sie abermals, tat es aber diesmal entsprechend vorsichtiger. Erst nach langen Sekunden löste er sich wieder von ihr und wandte sich dem Kater zu, der zu Boden gesprungen war und ihn misstrauisch beäugte.

»Und du, Mäuseschreck? Alles in Ordnung?«

Selbstverständlich, antwortete Astaroth. *Was regst du dich auf? Und was soll diese Frage? Wo ich bin, ist immer alles in Ordnung.*

Mike antwortete nicht darauf, sondern lachte nur laut und wurde sofort wieder ernst, während er sich an Serena wandte. »Geht es dir gut?«, fragte er. »Haben sie dir etwas getan?«

»Getan? Mir?« Serena sah ihn an, als hätte er soeben die dümmste Frage gestellt, die sie in ihrem ganzen Leben gehört hatte. »Natürlich hat mir niemand etwas getan. Aber wir waren in großer Sorge um euch. Ich hatte schon Angst, ihr schafft es nicht mehr rechtzeitig.«

»Beinahe hätten wir es auch nicht«, gestand Mike. »Aber jetzt erzähle – wo bist du gewesen und was geht hier vor? Wo kommen all diese Männer her?«

»Es sind Hasims und Sulans Brüder.« Es war Lady Grandersmith, die die Frage beantwortete, nicht Serena. Sie war näher gekommen und betrachtete Mike auf eine so freundliche Art, dass es ihm schwer fiel, ihr Lächeln nicht zu erwidern.

»So?«, fragte er. »Haben Sie nicht selbst gesagt, dass sie die Letzten sind?«

»Die Letzten derer, die sich Al Achawwiya al sauda' nennen«, korrigierte ihn Lady Grandersmith mit einem geheimnisvollen Lächeln. »Nicht die Letzten ihrer Art. Du wärst überrascht, wenn du wüsstest, wie viele es von ihnen gibt.«

»Wo?«, fragte Mike. »Auf dem Sirius?«

Lady Grandersmith starrte ihn an. »Aber du ... woher ...« Sie fing sich wieder. »Wie kommst du nur auf diese Idee, mein Junge? Der Sirius ist ein Stern, der unendlich weit von der Erde entfernt ist, weißt du das denn nicht?«

»Doch«, antwortete Mike. »Und ich weiß auch, dass er alle zweihundertfünfzig Jahre in einer ganz bestimmten Konstellation zur Erde steht. Wie heute, zum Beispiel.«

Lady Grandersmith war nun fassungslos, aber Serena lachte. »Sagte ich Ihnen nicht, dass wir ihm trauen können?«, fragte sie. Zu Mike gewandt, fügte sie hinzu: »Du weißt also alles. Aber das ist ja eigentlich klar – sonst hätte Hasim dich niemals hierher gebracht. Wo sind die anderen?«

»Singh ist noch an Bord«, antwortete Mike. »Und Trautman und die anderen kommen ... äh ... etwas langsamer nach. Ich fürchte, sie werden eine Stunde brauchen.«

»Das ist mehr als genug Zeit«, sagte Lady Grandersmith.

»Zeit? Wofür?«

Ihr Misstrauen schien noch nicht völlig überwunden zu sein, denn sie sah ihn einige Sekunden lang nachdenklich an, ehe sie antwortete. »Um sie wegzubringen. Zurück nach Hause.«

»Nach *Hause*?« Jetzt war Mike verblüfft. Er hatte angenommen, dass Hasim die Behälter mit den Schlafenden in irgendein Versteck bringen würde. »Nach Hause? Von hier aus? Aber ... aber wie denn?«

»Nur Geduld«, sagte Serena. »Sieh hin!«

Sie deutete zum Ufer. Von der NAUTILUS her näherte sich ihnen eine zweite Gestalt in einem Taucheranzug – Singh, der Mike wesentlich langsamer folgte. Und jetzt tauchten auch die Schwarzgekleideten einer nach dem anderen wieder auf, wobei jeder einen der sechseckigen weißen Behälter in den Armen trug. Sie mussten durch die geöffnete Bodenschleuse in das Schiff hineingeschwommen sein.

Mike beobachtete neugierig, was weiter geschah. Die Männer trugen ihre Last ans Ufer, legten sie aber nicht ab, sondern näherten sich der gegenüberliegenden Wand der Höhle, auf der sich das sonderbare Relief befand, das Mike bei seinem ersten Besuch hier entdeckt hatte.

»Gib Acht!«, sagte Serena aufgeregt. »Jetzt geschieht es!«

»*Was* gesch–«, begann Mike.

Zuerst war es nur ein seltsamer, schwingender Ton, der aus dem Nirgendwo zu kommen schien und den er viel weniger zu hören als mehr zu *spüren* schien; und es war ein Ton, wie er ihn noch nie zuvor vernommen hatte. Er war unglaublich schön; ein sphärisches, an- und abschwellendes Geräusch, das etwas in ihm berührte und ebenfalls zum Klingen brachte. Es war, als hörte er die Stimmen der Sterne.

Dann sah er das Licht. Es glomm im Zentrum des in den Stein gemeißelten Kreises auf und breitete sich rasch darin aus, wie leuchtende Tinte in bewegtem Wasser. Die gezackten Linien, die vom äußeren Rand des Kreises ausgingen, begannen ebenfalls zu leuchten und dann loderte das gesamte Gebilde in einem so hellen, strahlenden Licht auf, dass Mike geblendet die Hand vor die Augen hob und nur noch durch die Finger hindurchblinzeln konnte.

»Was ist das?«, fragte er.

»Der Weg nach Hause«, antwortete Lady Grandersmith. Ihre Stimme zitterte. »Sie haben es geschafft. Nach all den Jahren haben sie endlich den Weg zurück gefunden!«

Mike sah sie an und stellte fest, dass ihr die Tränen über das Gesicht liefen.

»Sieh doch nur!«, sagte Serena.

Mikes Blick folgte ihrer Geste wieder zum Licht. Die gleißende Helligkeit trieb ihm die Tränen in die Augen, aber was er erblickte, das war so unglaublich, dass er es kaum spürte.

Die schwarz gekleideten Gestalten traten mit ihrer Last, einer nach der anderen, in das Zentrum dieses lodernden Lichtes hinein – und verschwanden darin. Ihre Körper schienen sich aufzulösen, wie Eiskristalle, die direkt in die Sonne hineingefallen waren, aber es war nichts Zerstörerisches an diesem Anblick, er spürte keine Angst, sondern ein Gefühl des Glücks und der

Erleichterung, das nicht aus ihm selbst kam, sondern von außen auf ihn einstürmte.

»Das ... das ist ...«

»Der Weg nach Hause«, führte Lady Grandersmith den Satz zu Ende. »Sie haben so lange auf diesen Tag gewartet, so unvorstellbar lange. Und nun ist es ihnen endlich vergönnt.«

Ja, dachte Mike. *Aber um welchen Preis.*

Lady Grandersmith schien seine Gedanken zu spüren. »Was hast du?«, fragte sie.

»Nichts«, sagte Mike. Um das Thema zu wechseln, drehte er sich zu Serena um. »Ich bin nur erleichtert, dass es vorbei ist. Und dass es dir gut geht. Wohin haben sie dich gebracht?«

»An einen Ort, über den ich nicht reden darf«, antwortete Serena, und es klang so einfach und zugleich so überzeugend, dass Mike diese Antwort ebenso akzeptierte, wie Trautman seine Antwort an Bord der NAUTILUS. »Aber warum weichst du Lady Grandersmith aus? Sie ist nicht deine Feindin. Im Gegenteil. Sie wollte nur helfen.«

»Das glaube ich Ihnen«, sagte Mike. »Es ist nur ...«

»Was?«, fragte Lady Grandersmith. »Keine Angst. Du kannst ganz frei sprechen. Sie würden niemals einem Menschen ein Leid antun.«

»So?«, fragte Mike. »Und was war vor vier Jahren auf der TITANIC?«

Lady Grandersmith schwieg eine ganze Weile. Ein Schatten huschte über ihr Gesicht, und als sie endlich antwortete, klang ihre Stimme verändert und traurig.

»Ich muss dir ihre Geschichte erzählen, glaube ich«, sagte sie.

»Du weißt nun schon so viel, dass du wohl ein Recht dazu hast, und ich glaube, ich kann dir vertrauen. Sie kamen vor sehr langer Zeit hierher, weißt du? Vor tausenden und abertausenden von Jahren, lange bevor es uns gab, ja bevor es Serenas Volk gab. Sie waren Reisende, Forscher. Das Schiff, mit dem sie kamen, stürzte ab, sodass ihnen der Weg nach Hause verwehrt blieb. Sie werden sehr alt, musst du wissen, aber auch ihr Leben ist begrenzt und die Zeit, die ihr Hilferuf nach Hause brauchte, war hundertmal länger, als sie zu leben hatten. Also versetzten sie sich in einen Schlaf, von dem nur einige wenige ausgenommen blieben: die Wächter, die über die Schlafenden wachten. Niemand wusste, dass sie hier waren – außer einige wenige Eingeweihte, zu denen auch mein Mann und ich gehörten.

Das Schiff, das vor vier Jahren kam, sollte sie abholen, aber es kam anders. Alles war vorbereitet, die Kokons in aller Heimlichkeit, nachts und auf hoher See zu übernehmen. Aber das Schicksal hat es nicht so gewollt. Weder Yasal noch Hasim oder Sulan wissen, was in jener Nacht wirklich geschehen ist – ob der Pilot des Schiffes einen Fehler beging, der Kapitän der TITANIC, und wahrscheinlich wird es auch niemand je herausfinden. Das Schiff kollidierte mit der TITANIC und beide sanken, das ist alles, was wir wissen.«

»Ja, und tausendfünfhundert Menschen fanden den Tod«, sagte Mike traurig. »Ich weiß, dass es keine Absicht war, Lady Grandersmith. Es war nur ein Unfall. Aber es ... ich kann es einfach nicht vergessen.«

»Und jetzt glaubst du, es wäre ihnen egal?«, fragte Lady Grandersmith sanft.

Mike zuckte mit den Achseln. »Ich ... weiß einfach nicht, was ich glauben soll«, gestand er.

»Und du hast immer noch Angst vor ihnen«, stellte Lady Grandersmith fest. »Weil du glaubst, dass ihnen ein Menschenleben nichts gilt.«

»Yasal hat sich selbst geopfert, um alle Spuren zu verwischen«, sagte Singh. »Und Mike und ich – und nun auch Serena und Sie selbst, Lady Grandersmith, das sollten Sie bedenken, sind die einzigen Menschen, die überhaupt von ihrer Existenz wissen.«

Lady Grandersmiths Miene wurde ernst. »Ich verstehe«, sagte sie. »Ihr habt Angst, dass sie uns alle töten, jetzt, wo sie am Ziel sind.« Sie schüttelte den Kopf. »Ja, ich glaube, ich kann euch verstehen. Aber da ist etwas, was ihr nicht wissen könnt.«

»Und was?«, fragte Singh.

Statt direkt zu antworten, stellte Lady Grandersmith eine Frage: »Ist euch nicht aufgefallen, dass es an Bord der TITANIC keine Toten gab?«

»Doch«, antwortete Mike überrascht. »Aber woher wissen *Sie* davon?«

Lady Grandersmith lächelte flüchtig. »Weil ich an Bord war«, antwortete sie. »Ich habe erlebt, was geschah. Das Schiff, das mit der TITANIC zusammenstieß, hatte eine ähnliche Apparatur wie die an Bord«, sagte sie mit einer Geste auf das lodernde Lichttor. »Als sein Kapitän sah, was geschehen war, da nutzte er all seine Macht und alle Möglichkeiten seines Schiffes, um das Schlimmste zu verhindern. Es gab Tote, ja, aber nur einige wenige. Die meisten konnte er retten.«

»Retten?«, fragte Mike ungläubig. »Aber ... aber wie denn?«

Lady Grandersmith deutete abermals auf das Lichttor und fuhr fort. »Auf diesem Wege. Die Maschine und auch das Sternenschiff wurden zerstört, als sie auf dem Meeresboden aufschlugen, und all seine Besatzungsmitglieder fanden den Tod, aber zuvor konnten Hasims Brüder die allermeisten Passagiere retten.«

Ihre Stimme wurde leise und traurig. »Die Zeit reichte, um die menschliche Besatzung der TITANIC in Sicherheit zu bringen, aber nicht mehr für ihre Ladung.«

Mike begriff nun, was Lady Grandersmith damit gesagt hatte. »Sie ... Sie meinen, Sie haben sich selbst geopfert und ihre Aufgabe nicht erfüllt –«

»– um das Leben unschuldiger Menschen zu retten, ja«, sagte Lady Grandersmith. Sie lächelte wieder, aber plötzlich sah Mike, dass dieses Lächeln gar nicht ihm galt, sondern auf einen Punkt hinter ihnen gerichtet war. Er drehte sich herum.

Der Zug der Schwarzgekleideten war fast zu Ende. Aus dem Wasser erschienen keine weiteren Gestalten mehr und auch die Reihe, die auf das leuchtende Tor durch Raum und Zeit zuging, wurde bereits kürzer. Es musste fast Mitternacht sein. Nur eine einzelne Gestalt näherte sich Mike, und obwohl sie sich äußerlich nicht von all den anderen unterschied, erkannte Mike sie sofort. Es war Hasim. In einigen Schritten Entfernung blieb er stehen und blickte Mike aus seinen grundlosen, schwarzen Augen an.

»Es tut mir Leid«, sagte Mike. »Bitte glaube mir. Ich ... ich habe dir misstraut, aber das war ein Fehler. Denkt nicht zu schlecht über uns, wenn ihr nach Hause kommt.«

Hasim blickte ihn weiter an, dann drehte er sich ohne irgendeine sichtbare Reaktion herum und näherte sich als Letzter dem leuchtenden Tor.

Als Letzter seiner Art, hieß das, Kurz bevor er in das Licht hineintrat, folgte ihm Lady Grandersmith.

»Aber was tun Sie denn da?«, rief Mike überrascht. »Um Gottes willen, Lady Grandersmith!«

Lady Grandersmith blieb noch einmal stehen und sah lächelnd zu Serena, Singh und ihm zurück. »Habt keine Angst um mich«, sagte sie. »Ich begleite sie. Das ist meine Belohnung für meine Hilfe. Ich habe all die Jahre davon geträumt. Und nun lebt wohl!«

Mike setzte dazu an, sie noch einmal zurückzurufen, aber Serena legte ihm rasch die Hand auf den Arm. »Lass sie«, sagte sie. »Sie weiß, was sie tut. Und sie wird sehr glücklich sein, dort, wo sie ist, glaub mir.«

Nebeneinander verschwanden die beiden Gestalten in dem lodernden Licht und sie hatten es kaum getan, da begann der Schein schon wieder zu verblassen. Aber eine Sekunde, bevor es endgültig geschah, hörte Mike zum ersten Mal in seinem Leben etwas, von dem er gar nicht gewusst hatte, dass es existierte: Hasims Stimme.

Sie erklang direkt in seinem Kopf, und was sie sagte, das sollte er niemals wieder vergessen, denn es war ein Versprechen, das so ehrlich und so fest war wie das, das er Yasal gegeben hatte und ebenso sicher eingehalten werden würde.

Es gibt nichts, was ich dir verzeihen müsste. Du bist, wie deine Art ist, so wie wir sind, wie unsere Art ist. Leb wohl, Menschenkind.

Vielleicht sehen wir uns eines Tages wieder, denn wir kommen zurück.

Irgendwann. Wir können so viel voneinander lernen – wir von euch und ihr von uns.

»Kalis sechste Hand deutete ins Leere.«

LESEPROBE AUS:

DIE VERGESSENE INSEL

VON WOLFGANG HOHLBEIN

Irgendeine Beziehung zwischen dem Amulett und der Karte musste es geben. Sie versuchten die Größe des Anhängers mit der irgendeiner Insel in Beziehung zu setzen. Nichts. Sie suchten nach einem Eiland oder einer Inselgruppe, die der Form des Amuletts ähnelte. Ohne Ergebnis. Sie suchten nach einer Insel, deren Name ungefähr so klang wie Kali, ohne sie zu finden. Sie ließen das Amulett wie eine Münze auf der Schmalseite über die Karte rollen und hofften, sie würde sie wie durch Zauberei zu ihrem Ziel führen, und taten noch viele andere Dinge, die auf bloßes Herumraten hinausliefen.

Schließlich sprach Juan aus, was sie sich insgeheim alle schon dachten. »Das hat doch keinen Zweck«, sagte er müde. »Wir können noch Jahre suchen, ohne diese verdammte Insel zu finden. Wahrscheinlich ist sie gar nicht auf dieser Karte verzeichnet, sondern nur auf der, die dein Vater dir hinterlassen hat.«

»Wenn das so wäre, hätte mein Vater sie längst gefunden«, sagte Paul. »Wenn es eine Insel gäbe, die nur auf dieser einen Karte verzeichnet ist, dann bräuchte er sie nur mit einer x-beliebigen anderen Seekarte zu vergleichen und schon hätte er sie. Nein, ich wette, dass diese Insel auf keiner Karte der Welt zu finden ist.«

»Welchen Sinn sollte diese Karte dann überhaupt haben?«, fragte André.

An Pauls Stelle antwortete Mike. »Ich weiß es nicht. Aber irgendetwas ... war anders als hier.« Er nahm eine der drei übrig gebliebenen Karten zur Hand und blickte sie konzentriert an. Er hatte immer mehr das Gefühl – nein; er wusste! –, dass er die Lösung im wahrsten Sinne des Wortes in den Händen hielt. Aber sie schien etwas von einem glitschigen Fisch an sich zu haben, immer wenn er sie wirklich ergreifen wollte, glitt sie ihm zwischen den Fingern hindurch.

»Vielleicht hat dein Vater sie aus dem Gedächtnis gezeichnet und deshalb nicht ganz richtig?«, vermutete Miss McCrooder.

Mike schüttelte den Kopf. »Nein«, sagte er. »Sie sah genau aus wie diese, aber sie war ...« Ganz plötzlich fiel es ihm wieder ein. »Sie war auf Pergament gezeichnet«, sagte er. »Auf ganz dünnem Pergament, das fast durchsichtig war!«

Der Inder sah plötzlich sehr angespannt drein. »Pergament?«, vergewisserte er sich. »Beinahe durchsichtiges Papier?« Mike nickte und Singh fuhr fort: »Erinnert ihr Euch, wie groß sie war?«

»Nicht besonders groß«, antwortete Mike. »Viel kleiner als diese hier. Ich habe mich noch gewundert, warum sie so klein war. Er muss manche von den Zahlen und Buchstaben mit der Lupe geschrieben haben.«

»Das ist es!«, sagte Singh. »Ich glaube, Ihr habt die Lösung gefunden.«

»So?«, murmelte Mike. »Na, wenigstens einer glaubt das.«

Singh lächelte flüchtig. Er stand auf »Wir haben kein Pergament an Bord«, sagte er, »und auch nicht das nötige Werkzeug, um eine wirklich genaue Karte zu zeichnen. Aber vielleicht geht es auch andersherum.« Er trat an den Kartenschrank und kam gleich darauf mit Schere, Klebstoff, Reißnägeln und einigen starken Kartons zurück.

»Was hast du vor?«, fragte Mike.

Singh lächelte abermals, antwortete aber auch jetzt nicht, sondern wandte sich an Juan. »Darf ich Euch bitten, mir eine der Laternen von Deck zu bringen?« Als Juan sich gehorsam entfernte, deutete Singh auf die Karte und reichte André die Reißnägel. »Befestigt sie an der Wand«, sagte er. »Direkt über dem Tisch. Und möglichst gerade.«

Für jemanden, dessen Lebensinhalt das Dienen und Gehorchen war, dachte Mike, verstand sich Singh ziemlich gut aufs Befehlserteilen. Aber er sagte nichts, sondern sah wortlos weiter zu, was geschah. Juan brachte die Laterne, und während André mit Bens Hilfe die Karte an der Wand befestigte, begann Singh aus dem Karton einen rechteckigen Kasten zu falten, in dessen Vorderseite er ein kleines, rundes Loch schnitt. Behutsam platzierte er die Laterne in der Mitte der Tischplatte, zündete sie an und stülpte den schwarzen Kasten darüber, sodass ihr Licht fast vollkommen abgeschirmt wurde. Schließlich bat er Miss McCrooder die Gaslampe herunterzudrehen, die die Messe erhellte.

Mike sog überrascht die Luft zwischen die Zähne, als das Licht matter wurde und schließlich ganz erlosch. Es wurde nicht vollständig dunkel. Durch das Loch, das Singh in den Karton geschnitten hatte, fiel ein kegelförmiger Lichtstrahl auf die Karte an der Wand. Singh rückte die Lampe ein paar Mal hin und her, bis der gelbe Kreis aus Licht genau auf das Zentrum der Karte gerichtet war. Dann nahm er das Amulett und setzte es in den ausgeschnittenen Kreis in der Pappe, der genau der Größe des Schmuckstückes entsprach.

Das Ergebnis war verblüffend. Singhs improvisierte Laterna magica projizierte die Umrisse des Amuletts zigfach vergrößert auf die Karte an der Wand. Singh bewegte das Amulett noch ein paar Mal vorsichtig, um es endgültig auszurichten, aber plötzlich war es, als glitte es ganz von selbst in die richtige Position. Und obgleich Mike bereits geahnt hatte, was geschehen würde, fühlte er doch ein fast ehrfürchtiges Schaudern, als Singh die Hand schließlich zurückzog.

Der Schatten der Göttin war über eine Gruppe von sieben kleinen Inseln gefallen. Ihre Füße ruhten auf zwei lang gestreckten Atollen, die genau nebeneinander angeordnet waren, und fünf ihrer sechs Hände berührten jeweils eine winzige Insel. Nur die sechste, linke obere Hand deutete ins Leere. Aber plötzlich wusste Mike, dass das gar nicht stimmte. Die Karte war nicht korrekt. In diesem einen Punkt stimmten alle Karten der Welt nicht. Denn dort, wohin Kalis sechste Hand wies, lag die Vergessene Insel Prinz Dakkars.